Amante y esposa

This Large Print Book carries the
Seal of Approval of N.A.V.H.

Amante y esposa

Lynne Graham

Thorndike Press • Waterville, Maine

Published in 2006 by arrangement with Harlequin Books S.A.
Publicado en 2006 en cooperación con Harlequin Books S.A.

Thorndike Press® Large Print Spanish.
Thorndike Press® La Impresión grande española.

The tree indicium is a trademark of Thorndike Press.
El símbolo del árbol es una marca registrada de Thorndike Press.

The text of this Large Print edition is unabridged.
El texto de ésta edición de La Impresión Grande está inabreviado.

Other aspects of the book may vary from the original edition.
Otros aspectros de éste libro podrían variar de la edición original.

Set in 16 pt. Plantin.
Impreso en 16 pt. Plantin.

Printed in the United States on permanent paper.
Impreso en los Estados Unidos en papel permanente.

Library of Congress Cataloging-in-Publication Data

Graham, Lynne, 1956–
    [Mistress wife. Spanish]
    Amante y esposa / by Lynne Graham.
        p. cm. — (Thorndike Press large print Spanish = Thorndike Press la impresión grande la española)
    ISBN 0-7862-8366-1 (lg. print : hc : alk. paper)
    1. Large type books.   I. Title.   II. Thorndike Press large print Spanish series.
PR6057.R2374M5718 2006
    823′.914—dc22   2005031746

Amante y esposa

Capítulo uno

NO estaba seguro de que quisieras verlo... —con el tono incómodo de alguien que estuviera disculpándose de antemano por una posible ofensa, el primo de Lucca, Alfredo, dejó sobre el elegante escritorio un periódico sensacionalista.

Un solo vistazo a la sonriente rubia que lucía sus curvas orgullosa bajo los estridentes titulares y Lucca Saracino se quedó helado. Era Jasmine Bailey, la mujer cuyas mentiras tanto habían contribuido a la destrucción de su matrimonio. De acuerdo con las noticias de sociedad del día anterior, había llegado aún más bajo revelando con todo lujo de detalles todo lo que se había atrevido a hacer para conseguir sus quince minutos de fama. En tan desinhibido relato, la ex modelo de publicaciones para hombres confesaba haber inventado la historia de su noche de pasión con el multimillonario italiano Lucca Saracino.

—¡Deberías demandarla! —instó Alfredo con la vehemencia y la poca sofisticación de un recién licenciado en Derecho con ganas de demostrar su potencial.

Sería un esfuerzo inútil, reflexionó Lucca torciendo su amplia y sensual boca en un gesto lleno de sarcasmo. Sabía que no obtendría ningún beneficio arrastrando a los tribunales a aquella golfa barata y con ella, su propia reputación, arruinada hacía ya algún tiempo. Lo que era más, su divorcio estaba a punto de ser definitivo puesto que Vivien, su inminente ex esposa, lo había declarado culpable con una rapidez y una falta de confianza que habría dejado lívido a cualquier marido. Implacable ante cualquier explicación, Vivien había asumido el papel de víctima y había abandonado el hogar conyugal animada por su amargada y ambiciosa hermana, Bernice. Se había negado a escuchar sus continuas declaraciones de inocencia y había optado por dejarlo, a pesar de estar embarazada del que sería su primer hijo. La misma mujer que lloraba a mares con las películas de Lassie se había convertido en piedra ante él.

—¿Lucca...? —intentó Alfredo recuperar su atención rompiendo un silencio que cualquier otro empleado de Lucca habría reconocido como una señal de aviso.

No sin esfuerzo, Lucca suprimió un gruñido de protesta mientras trataba de recordarse a sí mismo que si un muchacho tan poco cualificado como su primo estaba trabajando para él, era únicamente por caridad. Alfredo necesitaba desesperadamente añadir algo de experiencia laboral a su limitadísimo currículum. Lucca había comprobado que era inteligente pero poco práctico, concienzudo pero con poca inspiración, bien intencionado pero sin tacto alguno. Mientras otros levantaban el vuelo, Alfredo seguía caminando con lentitud, a veces de un modo enervante.

—Te debo una disculpa —continuó diciendo el joven evidentemente empeñado en soltar lo que había preparado—. Yo no creí que esa Bailey te hubiera tendido una trampa. Todos pensamos que realmente habías tenido una aventurilla con ella.

Con la confirmación de la poca fe que tenía en él ese sector de la familia, Lucca se tapó los ojos oscuros y tristes.

—Pero nadie te culpó de absolutamente nada —se apresuró a decir—. Vivien simplemente no reunía las condiciones…

—Te recuerdo que Vivien es la madre de mi hijo. No quiero oírte hablar de ella si no es con el respeto que se merece —murmuró Lucca con frialdad.

Alfredo se sonrojó y se deshizo en disculpas. Consciente de que su primo había acabado con su paciencia con tanta estupidez, Lucca le pidió que lo dejara solo. Se puso en pie y se acercó al imponente ventanal que ofrecía unas espectaculares vistas de Londres, pero su mirada estaba enfocada hacia algo más interno y sus pensamientos eran sin duda más amargos que la bella panorámica.

Su hijo, Marco, estaba creciendo sin él en una modesta casa donde no se hablaba italiano. La ruptura y posterior separación de Vivien había sido cualquier cosa excepto civilizada; Lucca había tenido que luchar con uñas y dientes para conseguir ver siquiera a su adorado hijo. Todo el mundo lo había culpado de adulterio debido a las sórdidas declaraciones de Jasmine Bailey y desde un primer momento, sus abogados le habían dejado bien claro que sería imposible arrebatarle la custodia del niño a una esposa de reputación intachable como Vivien. A Lucca todavía le hervía la sangre al pensar que ella, que había arruinado su matrimonio con su falta de confianza, hubiera obtenido la tutela del pequeño sin esfuerzo alguno.

Era consciente de que en su situación se había convertido para Marco en poco más que un visitante ocasional y tenía miedo de que el pequeño se olvidara de él entre visita y visita. ¿Cómo podría un niño tan pequeño recordar a un padre ausente durante un mes? Y desde luego Vivien no estaría dispuesta a hablarle del padre que ella misma le había privado de tener. Ahora al menos se daría cuenta de que no contaba con la autoridad moral que ella misma se había otorgado.

Aquel prometedor cambio le daba fuerzas para continuar y echar a un lado tan inquietantes pensamientos. De pronto sintió una satisfacción poco común en los últimos tiempos, aunque no tardó en considerar la posibilidad de que Vivien no viera la noticia de la confesión de Jasmine Bailey. Su esposa era una intelectual que dedicaba poca atención a los asuntos de actualidad y rara vez leía los periódicos.

Automáticamente, llamó a su secretaria y le dio instrucciones de comprar una nueva copia de la relevante publicación para después mandársela a Vivien acompañada de una carta ofreciéndole sus respetos. ¿Mezquino? No lo creía. Su orgullo herido lo impulsaba a atraer la atención de Vivien sobre la prueba de su inocencia.

Era consciente de que iba a arruinarle el día. Vivien estaba acostumbrada a vivir protegida y una mujer tan ingenua como ella se sentía herida con facilidad. Era de esas personas a las que cualquier problema les quitaba el sueño y sin duda se atormentaría cuando se viera obligada a enfrentarse a la evidencia que demostraba que había juzgado mal a su marido. Quizá la justicia natural estuviera por fin de parte de Lucca, pero nada podría compensarle el sufrimiento.

—Jock, haz el favor de salir... —le suplicó Vivien al pequeño terrier de tres patas que se escondía bajo el aparador.

Jock, cuyo nombre hacía mención a un simpático personaje de dibujos animados, permaneció inmóvil. Le habían negado la oportunidad de hincar los dientes en la pierna del reparador de lavadoras y por tanto, le habían impedido cumplir con su deber de proteger a su dueña de un intruso. Se suponía que los perros no se enfurruñaban, pero Jock solía enrabietarse como un niño cuando se veía privado del placer de echar a los hombres de la casa.

Marco soltó una risotada y se dispuso a gatear bajo el mueble en busca de su compañero de juegos. Pero Vivien se lo impidió, aquellos enormes ojos marrones se abrieron de par en par y empezó a dar manotazos para librarse de los brazos de su madre. Cuando vio que no lo conseguía, gritó contrariado.

—No —le dijo tranquila pero tajantemente. Después de una reciente humillación sufrida en el supermercado, no le había quedado otro remedio que llegar a la conclusión de que tenía que aprender a controlar los ataques de genio de su hijo.

«¿No?» Marco miró con evidente perplejidad a la mujer de pelo claro y grandes ojos verdes llenos de ansiedad. Rosa, su niñera, utilizaba con frecuencia aquella desagradable palabra, y también su padre. Pero sabía que su madre lo adoraba y detestaba negarle nada. De hecho a sus dieciocho meses tenía todos los instintos de un tirano que había descubierto que únicamente necesitaba algunas respuestas básicas para obtener el triunfo en cualquier situación: cuando le frustraban algún plan, sólo tenía que agarrar un buen berrinche hasta que le dieran lo que quería. Así que empezó a respirar hondo preparándose para gritar y patalear.

Con apenas su metro sesenta de delgada estatura, Vivien se limitó a dejar al pequeño en el parquecito, pues ya había comprobado más de una vez lo difícil que resultaba sujetarlo cuando el mal genio se apoderaba de él. Después del día en que se le cayó de los brazos, había decidido que en esas situaciones lo mejor era soltarlo.

—¡Este niño está muy mimado! —le había dicho su hermana Bernice en aquella ocasión, y lo había hecho con tan evidente desagrado, que la tierna y maternal Vivien se había sentido herida.

—Exigente el pequeñajo, ¿no? —había comentado con desaprobación Fabian Garsdale, su amigo y compañero del departamento de botánica—. ¿No has pensado en enseñarle un poco de disciplina?

—Tienes que ser firme con él —le había recomendado Rosa después de que Vivien insistiera en que le explicara por qué el niño no se comportaba de ese modo con ella—. Marco puede llegar a ser muy terco.

Vivien hizo el pino junto al parque. Una distracción a tiempo podía hacer maravillas para cortar sus rabietas. Y así fue, el pequeño se quedó a medias en el llanto para echarse a reír sorprendido ante las piruetas de su madre.

Vivien lo levantó en brazos y lo estrechó con fuerza mientras parpadeaba para eliminar las lágrimas de sus ojos. Todo el amor desesperado que había sentido una vez por Lucca había sido transferido a su hijo. Estaba convencida de que sin Marco se habría vuelto loca de dolor tras el fin de su matrimonio. Las necesidades del niño la habían obligado a enfrentarse a la dura realidad y a inventar una nueva vida para los dos. Pero el sufrimiento que le había provocado la traición de Lucca seguía clavado dentro de ella y tenía que vivir con él día tras día. Siempre había sentido las cosas de un modo muy hondo y ya de niña había tenido que aprender a ocultar la intensidad de sus emociones tras una aparente tranquilidad. De otro modo hacía que los demás se sintieran incómodos.

El ruido de un coche acercándose a la casa por el camino de grava anunció el regreso de Bernice. Jock asomó la cabeza por debajo del aparador, dio un solo ladrido mirando con nerviosismo a la puerta y volvió a esconderse. Un segundo después, se abrió la puerta para dar paso a la mujer alta y castaña que habría resultado preciosa de no ser por la dureza de sus ojos verdes y por su mandíbula siempre apretada en un gesto de descontento.

Indiferente a la entrada de su tía, seguramente porque Bernice jamás le prestaba atención si no era para quejarse de su inmaduro comportamiento, Marco bostezó y dejó caer la cabeza sobre el pecho de su madre.

—¿No debería estar echándose la siesta? —preguntó Bernice irritada al ver al pequeño.

—Estaba a punto de subirlo a su dormitorio —Vivien subió las escaleras preguntándose si el mal humor de su hermana habría sido ocasionado por otro disgusto profesional, lo que le recordó que ella misma tampoco se encontraba en una buena situación económica.

Habría sido cruel sermonear a Bernice

sabiendo que tenía que luchar con fuerza para sobrevivir sin champán, caviar y todo ese tipo de lujos. Vivien también se sentía culpable porque era consciente de que su negativa a aceptar ningún apoyo económico de Lucca más que el estrictamente esencial para mantener al niño era la razón principal de sus números rojos. Había puesto su orgullo por encima del sentido común y ahora estaba pagando las consecuencias.

Al menos la casa en la que vivía era pequeña y barata de mantener. Por supuesto, Bernice era de la opinión de que parecía una casa de muñecas; pero en los oscuros días que había pasado sola, a punto de dar a luz y luchando por soportar la vida sin Lucca, aquella pequeña casa se había convertido en una especie de refugio. Además, estaba situada en una bonita zona de campo cercana a Oxford, en cuya universidad Vivien trabajaba tres días a la semana como tutora en el departamento de botánica. Con sus dos dormitorios, tenía el tamaño perfecto para una madre y su único hijo; pero se quedaba algo corta cuando surgía la necesidad de alojar a otro adulto. No obstante, Vivien estaba encantada de tener allí a su hermana y sólo esperaba que tuviera en cuenta la posibilidad de buscarse un lugar más amplio en un futuro cercano. Pero quién habría pensado que la boutique londinense de Bernice acabaría teniendo que cerrar. Su pobre hermana lo había perdido todo: su moderno apartamento en la zona cara de la ciudad, su coche deportivo... por no hablar de la mayoría de sus sofisticados aunque volubles amigos.

—¡Ni te molestes en preguntarme qué tal me ha ido la entrevista! —advirtió su hermana cuando Vivien volvió de acostar al pequeño—. Esa vieja bruja prácticamente me ha acusado de mentir en el currículum. Pero yo ya le he dicho lo que podía hacer con su asqueroso empleo.

—Vamos —trató de decir Vivien algo desconcertada—... Seguro que no te acusó de mentir.

—No ha hecho falta... ha empezado a preguntarme cosas en francés y yo no sabía qué demonios me estaba diciendo —narró Bernice furibunda—. Yo sólo había puesto que tenía conocimientos de francés, ¡no que fuera bilingüe!

Aunque no tenía la menor idea de que su hermana mayor hubiera estudiado francés en su vida, intentó calmarla con palabras de consuelo y comprensión. Pero Bernice no apreció tal intento.

—¡La culpa de que me hayan humillado así la tienes tú!

—¿Yo? —preguntó Vivien desconcertada.

17

—Todavía estás casada con un hombre increíblemente rico y sin embargo nosotras nos morimos de hambre —explicó con tremenda amargura—. Siempre estás quejándote del poco dinero que tienes y haciendo que me sienta culpable... Estoy buscando trabajos que están muy por debajo de mi nivel, mientras que tú te pasas el día sentada en casa cómodamente mimando a Marco como si fuera un príncipe.

Vivien estaba horrorizada por el profundo resentimiento que estaba mostrando su hermana y se sentía responsable.

—Bernice, yo...

—Siempre has sido muy rara, Vivien. ¡Echa un vistazo a tu vida! —continuó diciendo con igual desprecio—. Vives aquí en mitad de la nada, con un perro monstruoso y tu precioso hijo y jamás haces nada ni vas a ningún sitio que merezca la pena. Tienes un trabajo aburrido, una vida aburrida, siempre has sido la persona más aburrida que conozco. ¡No me extraña que Lucca tuviera una aventura con aquella rubia tan sexy! ¡Lo que es un misterio es que alguna vez se casara con alguien tan insignificante como tú!

Vivien observó consternada el final de tan terrible diatriba y la salida explosiva de su hermana. Enseguida se apresuró a almacenar todas aquellas palabras en el subconsciente mientras acariciaba a Jock, que se había echado a temblar por efecto de unos gritos a los que no estaba acostumbrado. Trató de recordarse que Bernice estaba pasando un mal momento que habría sacado de sus casillas a cualquiera. Nadie sabía mejor que Vivien lo duro que era construir una nueva vida sobre las cenizas de la pérdida y la destrucción. Y resultaba especialmente difícil para Bernice, que nunca había tenido que renunciar a nada, acostumbrada a unos privilegios que siempre había disfrutado sin preguntarse por qué.

Sin embargo Vivien había crecido creyéndose una persona afortunada. Sus padres biológicos habían fallecido en un accidente de coche cuando ella era sólo un bebé, pero pronto la había adoptado la acomodada familia Dillon. Su única hija, Bernice, tenía por aquel entonces tres años y la pareja había decidido adoptar otra hija para que a su niña nunca le faltara compañía.

Nadie la había tratado mal en la familia Dillon, pero Vivien sabía que no había respondido a las esperanzas del matrimonio de que se convirtiera en el alma gemela de Bernice. Entre ellas nunca había habido nada en común y la diferencia de edad nunca había hecho más que intensificar su disparidad. Consciente de su fallo, Vivien había crecido con la sensación de ser una continua fuente de decepciones para la familia. Los Dillon habían esperado que Vivien se convirtiera en una señorita femenina como Bernice, a la que le habían encantado la moda, los caballos y el ballet antes de interesarse por los hombres y la intensa vida social. Sin embargo Vivien siempre había sido tímida, introvertida y resultó ser también la más torpe de la clase de ballet. Los caballos la habían aterrado sólo un poco menos que los hombres, lo que la había hecho huir de las fiestas como de la peste. Se había convertido en un ratón de biblioteca desde el momento en el que había aprendido a leer; y sólo se había sentido segura de sí misma en el mundo académico, donde su inteligencia siempre había sido recompensada con notas inmejorables. Sin embargo los logros conseguidos en ese terreno no habían hecho más que incomodar a sus padres, que encontraban anormal que una joven de su edad estuviese tan interesada en estudiar.

Su madre había fallecido de un ataque cardiaco cuando Vivien tenía diecisiete años y su padre había muerto cuando ella estaba en la universidad, después de varios meses de una seria crisis económica. Para Bernice había sido todo un golpe tener que vender la casa y las antigüedades de los Dillon, que siempre había creído que acabarían siendo suyas algún día. Viven no había sabido cómo consolar a su hermana por tal pérdida.

El estridente timbre de la puerta la sacó de aquel repaso de sus fracasos como hija y hermana adoptiva. Un mensajero le entregó un paquete y se volvió a marchar rápidamente.

—¿Qué es? —le preguntó Bernice mientras ella miraba atónita la elegante tarjeta en la que enseguida había distinguido la letra de su marido.

—No lo sé —Vivien frunció el ceño confundida al ver el periódico, ya que había dado por sentado que sería un regalo para Marco.

La confusión se tornó en ira en cuanto reconoció a la exuberante rubia que prometía contar todos sus secretos en la página cinco. Mientras pasaba las hojas se le iba haciendo un nudo en la garganta y un sudor frío le empapaba las manos. ¿Por qué iba Lucca a ser tan cruel de mandarle un artículo sobre Jasmine Bailey? Siguió buscando la página que le importaba haciendo caso omiso a la insistencia de su hermana para que le dejara ver el periódico.

Por fin encontró el titular «SOY RICA GRACIAS A LAS MENTIRAS» y leyó el artículo a doble página sin pestañear siquiera. Con una increíble falta de vergüenza,

Jasmine confesaba que la historia de su fugaz aventura con Lucca no había sido más que una efectiva mentira elaborada con el propósito de hacerse famosa y de que la invitaran a las fiestas de sociedad. La noche de pasión desenfrenada que la modelo había relatado sólo dos años antes había sido pura invención.

Vivien se quedó petrificada, una especie de aturdimiento se había apoderado tanto de su cuerpo como de su cerebro. ¿Jasmine Bailey se lo había inventado todo? ¿No había sido más que una cruel mentira? De pronto tenía la sensación de haberse quedado hueca. Lucca no la había traicionado, él no había mentido y ella... ¿Y ella? Ella había preferido pensar lo peor de él y se había negado a aceptar sus explicaciones. Le había dado la espalda a su marido y a su matrimonio. Aquella agonía la estaba devorando viva. Era como caer en un abismo.

—Me equivoqué... Juzgué mal a Lucca...

—¿Que hiciste qué? —preguntó su hermana casi gritando, al tiempo que le arrancaba el periódico de las manos con evidente impaciencia.

Vivien se pasó la mano por la frente cubierta de sudor. La culpabilidad hacía que le retumbaran las sienes y tenía la sensación de no poder afrontar la enormidad de su error. Aquella confesión la había golpeado como golpeaba una piedra contra un cristal haciéndolo pedazos. El mundo que había reinventado se le derrumbaba. En una décima de segundo, había pasado de ser una mujer que creía haber actuado correctamente abandonando a su marido infiel a convertirse en una que había cometido un tremendo error con el que había hecho daño al hombre al que amaba y a su querido hijo.

—¿No irás a creerte esta basura? —inquirió su hermana en tono despreciativo—. Ahora que los medios no le hacen ni caso, Jasmine Bailey haría o diría cualquier cosa para que su nombre volviera a los titulares.

—No... su historia coincide exactamente con lo que Lucca me dijo en su momento, pero... —su voz fue perdiendo fuerza hasta quebrarse con la llegada del llanto que ella luchaba por contener—. Pero yo no quise escucharlo...

—¡Claro que no lo escuchaste! —la interrumpió su hermana—. Eras demasiado sensata como para escuchar sus mentiras. Sabías que, antes de casarse contigo, era un reputado mujeriego. ¿Acaso no intenté yo avisarte?

Mucha gente había intentado prevenir a Vivien para que no se casara con Lucca Saracino; de hecho nadie parecía haberse alegrado de su unión. Ni la familia de él ni la de ella. Todos se habían sorprendido de su decisión y habían dudado de que hubiera muchas posibilidades de que tan extraña pareja tuviera éxito. Hasta los que se suponía que les deseaban lo mejor le habían dicho a Vivien que era demasiado tranquila, demasiado reservada y estudiosa y demasiado poco apasionada para un hombre tan sofisticado como Lucca. Ella había escuchado todos aquellos preocupados consejos que habían conseguido hacerla sentirse insegura incluso antes de la boda. Sin embargo al final del día, Lucca sólo había tenido que chascar los dedos para que ella acudiera corriendo contra viento y marea. Lo había amado más que a su propia vida y se había sentido desprotegida e indefensa ante el poder de aquel amor.

—De todos modos, ahora ya estás prácticamente divorciada —le recordó Bernice duramente—. Nunca deberías haberte casado con él. Erais totalmente incompatibles.

Vivien no dijo nada, tenía la mirada perdida en el vacío, inmersa en un torbellino de sentimientos. Lucca no la había traicionado en los brazos de Jasmine Bailey. La chabacana rubia se había colado en el yate de Lucca, recordó Vivien. Haciéndose pasar por una estudiante, Jasmine había conseguido que uno de los invitados de Lucca la contratara para servir de acompañante a su hija en el crucero y al mismo tiempo ayudarla a practicar inglés. Y cuando aquellas detalladas confesiones habían salido a la luz, nadie se había sentido en posición de confirmar o contradecir tales afirmaciones. Nadie excepto Lucca...

Vivien sintió una náusea. Había castigado a su marido por un pecado que no había cometido, en lugar de tener fe en el hombre con el que se había casado. Lucca era inocente, lo que significaba que toda la agonía por la que ella había pasado en los dos últimos años había sido exclusivamente por su propia culpa. Aquélla era una realidad muy dura de aceptar de repente, pero Vivien tenía la suficiente humildad para aceptar su error y dar el paso más importante, disculparse por el daño que le había infligido a Lucca. Sabía perfectamente qué era lo que debía hacer.

—Necesito ver a Lucca... —murmuró enseguida.

—¿Es que no has escuchado nada de lo que te he dicho? ¿Para qué demonios necesitas ver a Lucca?

Vivien se encontraba en estado de shock y a pesar de estar actuando con el piloto automático, la aplastante necesidad de ver a Lucca la guiaba como una antorcha en mitad de un túnel oscuro. Hacía casi dos años desde la última vez que lo había visto, pues desde entonces los abogados se habían encargado de todo el proceso legal y una niñera era la que recogía a Marco para llevarlo con él. La acomodada situación económica de Lucca le había permitido no tener que tolerar ningún encuentro personal con su mujer después de la separación.

—Tengo que verlo —mientras hablaba, Vivien estaba ideando torpemente la manera de desplazarse a Londres. Como aquel día le tocaba trabajar, Rosa estaba a punto de llegar para cuidar a Marco y se quedaría allí hasta las seis de la tarde—. ¿Vas a salir esta noche?

—No... no lo he pensado —respondió Bernice sorprendida por el súbito cambio de tema.

—No sé a qué hora conseguiré ver a Lucca. Seguramente no sea una de sus visitas más esperadas, así que supongo que volveré tarde —le explicó con ansiedad—. Puedo pedirle a Rosa que se quede un poco más y acueste a Marco. ¿Podrás tú cuidarlo hasta que yo vuelva?

—Si vas a ver a Lucca, cometerás el mayor error de tu vida —vaticinó Bernice con vehemencia.

—Tengo que disculparme... es lo menos que puedo hacer.

En el tenso silencio que se hizo en la habitación, apareció una luz que iluminó a Bernice.

—Quizá no sea tan mala idea. Podrías aprovechar la oportunidad para decirle que estás completamente arruinada...

—¡Jamás podría hacer eso! —saltó Vivien de inmediato.

—Entonces yo no podré cuidar de Marco —contraatacó su hermana sin titubear.

La rabia y la vergüenza luchaban dentro de ella.

—Está bien... mencionaré el tema y veré si puedo hacer algo...

Su capitulación provocó una sonrisa en Bernice.

—Muy bien... entonces sólo por esta vez, haré de niñera. Esperemos que Lucca se sienta muy generoso cuando te vea humillarte ante él.

Nada más enterarse de la llegada de Vivien, Lucca solicitó hacer un descanso en la reunión.

Al verla de pie en la recepción, se quedó parado en el descansillo de las escaleras. En mitad de la enorme sala, Vivien parecía di-

27

minuta e insignificante. La falda y el suéter marrón que llevaba estaban deformados y probablemente tenía otros dos o tres conjuntos iguales. Vivien odiaba ir de tiendas y comprar las cosas de tres en tres la ayudaba a espaciar aquella obligación al máximo. Lejos de la atención que él le había prestado, había abandonado rápidamente el estilo que él le había inculcado y había regresado a su falta de elegancia. Llevaba las uñas sin pintar y el pelo rubio y sedoso recogido con un vulgar prendedor de plástico.

Con aquella indumentaria, no era el tipo de mujer que hacía que los hombres se volvieran a mirarla por la calle. Y sin embargo tenía una belleza luminosa que ni la más aburrida vestimenta podía ocultar. Paseó la mirada por la porción de hombro que dejaba entrever el suéter y después recorrió aquel delicado y femenino perfil. Una oleada de deseo le hizo reaccionar apretando los puños con fuerza.

En otro tiempo la había considerado dulce y leal hasta la muerte. Su calidez y su modestia lo habían cautivado, y su sinceridad y su bondad habían influido enormemente en su cínica visión del mundo. No había nada falso en ella. Lucca había creído a ciencia cierta que había encontrado un tesoro. Había creído que su matrimonio funcionaría mientras tantos otros fracasaban. Él era un hombre para el que el fracaso era terreno prohibido y había elegido a la que sería su esposa con extremado cuidado. Pero Vivien no había resultado ser digna del anillo que él había puesto en su dedo.

Apartó la mirada con justificada ira, pero enseguida su cerebro enfrió el fuego de su sangre. ¿Por qué motivo había interrumpido la importante reunión que estaba manteniendo? Por un momento se había dejado llevar por las buenas maneras, decidió dándose media vuelta. Después de todo, él no la había invitado a que se presentara en su oficina a mitad de la jornada con la idea de recibir su atención.

Lucca tenía que admitir que aquella reacción ante la confesión de Jasmine Bailey era muy típica de ella y él mismo podría haberla previsto. Conocía bien a Vivien. De hecho, en otro tiempo se había preciado de sobresalir en todo lo que ella era un verdadero desastre. A pesar de su aparente tranquilidad, Vivien podía reaccionar con una increíble impulsividad a la que la arrastraban sus indisciplinadas emociones. Siempre había estado completamente ciega a las oscuras motivaciones que podían impulsar a otros a actuar, por lo que era incapaz de protegerse contra la manipulación. Era capaz de luchar a muerte para encontrar un acto redentor hasta en el ser humano más deplorable.

Pero Lucca no tenía la intención de redimirse ante ella. Tampoco deseaba verla y aquella repentina visita le parecía una insensatez que podría dejarla en ridículo. Era una torpeza aparecer allí el mismo día en que se había publicado la confesión de Jasmine Bailey. ¿Acaso Vivien no tenía el más mínimo sentido común? A menudo había creído que no. Si la prensa se enteraba de que estaba allí, aparecerían hordas de paparazzi. Así que, sin querer dedicarle más tiempo, Lucca reanudó sus pasos, esa vez de vuelta a la reunión.

Vivien tomó asiento sin sospechar que habían estado observándola detenidamente. Se sentía incómoda e inquieta con las miradas furtivas que atraía. Había intentado ponerse en contacto con Lucca por teléfono desde el tren, pero había sido en vano pues el número del móvil que ella tenía estaba ahora «fuera de servicio». Tampoco llamando a la empresa había tenido mucha suerte, ya que le había resultado imposible hablar con él personalmente. Así que sólo le había quedado la opción de presentarse allí, donde la habían informado con frialdad de que el señor Saracino estaba muy ocupado, por lo que se preparó para una larga espera con el consuelo de que al menos Lucca estaba en el edificio y no de viaje como habría podido suceder.

Esa misma tarde a las cinco, Lucca concluyó la reunión y le pidió a su secretaria que acompañara a Vivien hasta su despacho. Después de tres horas de espera sin que nadie le diera el menor atisbo de esperanza, se sintió aliviada de que alguien la sacara de aquella imponente recepción. Pero se convirtió en un amasijo de nervios ante la perspectiva de volver a ver a Lucca después de tanto tiempo. No sabía qué iba a decirle, no tenía la menor idea de cómo salvar el abismo que se había abierto entre ellos. Su supuesta infidelidad había creado una enorme barrera entre ella y sus emociones, pero ahora esa barrera había desaparecido y con ella la noción de cómo debía comportarse.

Vivien atravesó el umbral de la puerta azorada e insegura.

Lucca dominaba sin esfuerzo todo lo que lo rodeaba con su metro noventa y su cuerpo de atleta. Vivien tuvo la sensación de que el oxígeno de la habitación se había esfumado impidiéndole respirar. Se le había quedado la boca seca y el corazón amenazaba con escapársele del pecho. Encontrarse con aquellos ojos negros y profundos era como chocar contra una alambrada eléctrica. La avergonzaba que incluso en una situación tan crucial como aquélla, se sintiera arrastrada por la atracción que ejercía aquel hombre sobre ella.

—Bueno... —murmuró Lucca, a quien por sus operaciones en el mundo empresarial, habían descrito como frío como el hielo y mucho más peligroso. Su ligero acento italiano le provocó un escalofrío que le recorrió la espalda como una descarga—... ¿Qué te trae a la ciudad?

Capítulo dos

VIVIEN se quedó mirando a Lucca desconcertada por su saludo.

—¡Ya sabes por qué estoy aquí!

Sus cejas negras como el ébano se enarcaron en un gesto de aristócrata, pues incluso cuando quería mostrar su desacuerdo, Lucca tenía unos modales exquisitos.

—¿Cómo iba yo a saberlo?

—Porque fuiste tú el que me envió ese periódico —le recordó con cierta tirantez por el efecto de sus nervios unidos a una desagradable sensación de ridículo.

—¿Y bien? —siguió él igualmente críptico pero elegante.

Vivien intentó tragar el nudo que tenía en la garganta, pero resultó inútil.

—Naturalmente he venido directamente a verte.

Lucca soltó una suave risa que provocó un escalofrío en lo más profundo de Vivien.

—¿Naturalmente? ¿Te importaría explicarme cómo es posible que puedas describir esta repentina visita tuya como natural?

Vivien estaba empezando a sentirse intimidada por la peligrosa tensión ambiental que tan bien conocía. Su naturaleza era demasiado abierta y directa como para comprender el temperamento de Lucca, más complejo y oscuro. Aquella visita era para ella de vital importancia, pero la frialdad con la que él estaba tratándola la tenía un tanto desorientada.

—Es como si no estuvieras escuchándome. No seas así. ¡No te comportes como si esto fuera un juego!

—Pues tú no des cosas por sentado, *cara*. No estás dentro de mi cabeza y no tienes la menor idea de lo que estoy pensando.

—Sé que debes de estar muy, muy enfadado conmigo…

—Te equivocas —la contradijo él—. Estar enfadado después de tanto tiempo sería algo completamente improductivo.

Pero Vivien llevaba demasiadas cosas dentro como para contener las palabras que se agolpaban en sus labios, luchando por salir.

—Sé que me odias y que yo tengo la culpa de todo lo ocurrido… y no pasa nada, es lo que merezco —confesó humildemente.

—No me hagas perder el tiempo con todo eso —espetó Lucca frío como el hielo.

Vivien levantó sus ojos verdes y angustiados como implorándole que la escuchara y apreciara la sinceridad con la que hablaba.

—Sé que decirte que lo siento es bastante

poco a estas alturas y hasta te resultará enervante, pero tengo que decirlo.

—¿Por qué? —su mirada oscura y brillante se detuvo en ella como un desafío—. No tengo el menor interés en oír tus disculpas.

—Tú me enviaste ese periódico... —le recordó de nuevo con poco más que un susurro.

Pero él se encogió de hombros despreciativamente.

—Querías que supiera que me había equivocado —continuó diciendo Vivien sacando fuerzas de flaqueza después de un largo y tenso silencio—. Querías que viera la prueba de tu inocencia.

—O quizá quisiera hacerte sufrir —sugirió él suavemente—. O quizá el orgullo me haya obligado a hacerlo. Pero fuera cual fuera mi motivación, ya no importa.

—¡Claro que importa! —ya no le quedaban fuerzas para seguir controlando sus emociones—. Jasmine Bailey arruinó nuestro matrimonio.

—¡No! —la interrumpió él con calma letal—. Ese logro es única y exclusivamente tuyo. Si hubieras confiado en mí, todavía seguiríamos juntos.

Vivien dio un paso atrás como si sus palabras la hubieran golpeado realmente. Había descrito los hechos despojándolos de com pasión y dejándolos en la cruel realidad.

—No es tan sencillo.

—Yo creo que sí.

—¡Pero tú permitiste que yo te abandonara! —protestó desesperada—. ¿Acaso intentaste persuadirme con todas tus fuerzas, o convencerme de verdad de que esa mujer estaba mintiendo?

—¿Todo el mundo es culpable hasta que se demuestre su inocencia…? ¿Es así como justificas lo que hiciste? Estás intentando pasarme la culpa, pero no había manera de demostrar que Bailey estaba mintiendo. Dormí solo aquella noche y todas las demás que pasé en aquel barco, pero no había ningún testigo presencial aparte de mí mismo —le recordó con la frialdad de un abogado en medio de un juicio—. Las mujeres como ella siempre buscan a su presa entre los hombres ricos y tú lo sabías cuando te casaste conmigo. La única manera de proteger nuestro matrimonio era confiando el uno en el otro, pero tú fallaste en la primera prueba.

—¡Quizá habría confiado más en ti si tú lo hubieras negado con más ímpetu! —se justificó alzando el tono de voz por la rabia que le daba percibir aquella frialdad y aparente falta de interés—. Pero parece que eras demasiado orgulloso como para intentar convencerme de que estaba cometiendo un error y estaba siendo injusta contigo...

—Contrólate, *cara*. Esta reunión resulta muy embarazosa para ambos y no me agrada tener que decírtelo.

—No vas a dejarme que me disculpe, ¿verdad?

Era tan sincera, tan directa y tan desastrosamente inocente. Estaba buscándose problemas, pidiéndolos a gritos. Al casarse con ella, reflexionó Lucca con cierta amargura, había planeado protegerla de todo mal. Nunca se le ocurrió que pudiera acabar exiliado en zona enemiga y que el único modo de escapar fuera comprometer sus propios ideales. La luz del sol interrumpió sus elucubraciones al reflejarse directamente sobre el rostro de Vivien. La perfección de su piel color crema contrastaba con sus ojos verdes, profundos y brillantes como dos joyas. Su cuerpo reaccionó inmediatamente endureciéndose de un modo exasperante ante la visión de aquel rostro con esa boca suave, vulnerable y apetecible como una fruta madura.

En ese momento la mirada de Vivien se unió a aquellos ojos ardientes y sintió que se derretía por dentro. La temperatura de su cuerpo aumentó de repente y se sintió débil y mareada; aquella automática reacción a su agresiva masculinidad le resultaba tan familiar. Aquellas largas pestañas negras como las de su hijo se abrieron al máximo para lanzarle una fría mirada.

—No sé por qué has venido a verme —resumió con una total falta de expresión en el rostro.

—Sí, sí lo sabes… ¡Lo sabes perfectamente! —insistió ella con las mejillas ruborizadas. Estaba haciendo un esfuerzo por concentrarse a pesar de que tenía la sensación de que él había percibido su humillante reacción a su proximidad.

—Pero quizá no quiera ahondar ahora en ese tema. ¿Por qué mejor no me cuentas qué tal está Marco?

Vivien parpadeó sorprendida, pero la tensión no tardó en desaparecer de su cara empujada por la tierna sonrisa de una madre.

—Está muy bien… aprende tan rápido, ya lo sabes…

Incluso aquella sonrisa sirvió para aumentar la ira de Lucca.

—No, no lo sé.

—¿Cómo? —Vivien no entendía. Tenía la esperanza de que hablar de su hijo, que en aquel momento era el único punto que tenían en común, podría caldear un poco el ambiente.

—Pues que no sé lo rápido que aprende Marco porque no veo a mi hijo lo bastante a menudo como para poder darme cuenta de algo así. Por supuesto, siempre que lo veo ha aprendido algo nuevo desde la última vez.

Vivien se quedó helada ante aquella explicación.

—Evidentemente, tampoco se te ha ocurrido pensar que me perdí su primera sonrisa, su primer paso y su primera palabra.

Varias lágrimas se asomaron a sus ojos y tuvo que luchar para evitar que cayeran haciéndola sentirse aún más ridícula.

—Supongo que tengo suerte de que siga reconociéndome de una visita a otra —añadió Lucca con la misma frialdad.

Vivien se enfrentaba a toda aquella amargura por primera vez. Tragó saliva tan fuerte que se hizo daño en la garganta y tuvo que mirar hacia otro lado hasta recuperar el control. Comprendía lo que debía haber sentido al ser excluido de los momentos más importantes de la vida de su hijo. ¿Cómo podría culparlo por tanta hostilidad? No podía decirlo, pero lo cierto era que estaba hablando como un padre mucho más cariñoso de lo que jamás habría creído posible en él. Uno de los peores recuerdos de su vida era el enfado de Lucca cuando se había enterado de que se había quedado embarazada.

—Me gustaría poder decirte algo —comenzó a decir torpemente.

—No me vengas con convencionalismos... por favor —se burló Lucca—. Quizá estés cayendo en la cuenta de que, como la mayoría de las parejas divorciadas, no tenemos mucho de qué hablar.

—Todavía no estamos divorciados...

—Como si lo estuviéramos, *cara mía* —la contradijo él con una insolencia que se le clavó en el corazón—. ¿Hay alguna otra cosa de la que quieras hablar antes de marcharte? Estoy seguro de que no querrás llegar muy tarde.

Se sentía horriblemente culpable e incapaz de ordenar sus pensamientos, pero todavía tenía que cumplir lo que le había prometido a su hermana.

—De dinero.

Lucca frunció el ceño desconcertado.

—Es que... —intentó explicarse sin poder luchar contra el color rojo intenso que se había apoderado de su rostro—. Estoy teniendo algunos problemas económicos. Soy consciente de que fui yo la que decidió aceptar sólo una mínima ayuda económica cuando nos separamos.

—No nos separamos —corrigió Lucca—. Tú me abandonaste.

Vivien apretó los dientes. No necesitaba

que nadie se lo recordara, como tampoco deseaba acordarse de cuánto había valorado en otro tiempo su capacidad para valerse por sí misma sin el dinero de su marido.

—Las cosas cambian. Se suponía que este año iba a escribir un libro, por eso en el departamento me redujeron las horas de tutoría. Desgraciadamente, la editorial decidió que el tema era demasiado rebuscado para el público y retiró la oferta. El caso es que hasta el próximo curso no podré volver a trabajar a tiempo completo en el departamento de botánica.

—Deduzco entonces que no habías firmado ningún contrato con la editorial...

Vivien asintió odiándose a sí misma por haber acabado hablando de algo tan ajeno a las emociones que recorrían su cuerpo en enormes oleadas de tristeza y remordimiento.

—Mis abogados se pondrán en contacto con los tuyos y elaborarán un acuerdo. No hay problema. ¿Pensabas que lo habría? ¿Es por eso por lo que has aprovechado la oportunidad de venir a verme hoy con todas esas disculpas? —le preguntó Lucca de un modo tan repentino que la pilló desprevenida.

—Por supuesto que no... —consiguió decir totalmente atribulada.

—¿Quizá pensaste que me comportaría

como un necio y que me negaría a ayudarte? —continuó elucubrando con desdén.

—¡Yo no había pensado nada de eso! —pero se había sentido profundamente herida en su orgullo al tener que admitir cuánto necesitaba la ayuda económica que en otro tiempo había rechazado.

—A pesar de no haber sido el culpable de nuestra separación, siempre fui muy generoso. Fuiste tú la que me tiró el dinero a la cara —la censuró duramente—. Aunque tenía todo el derecho del mundo a ayudar a mantener a mi hijo, tu egoísmo y tu intransigencia me obligaron a no aportar más que una ridícula cantidad.

Aquel ataque había dejado a Vivien pálida y tensa.

—No tenía la menor idea de que te sintieras así.

Lucca apretó la mandíbula y volvió a encogerse de hombros al tiempo que la miraba como si fuera una criatura insignificante.

—*Dio mio*. ¿Cómo ibas a saberlo? Desde que me dejaste sólo nos hemos comunicado a través de nuestros abogados. ¿Quieres que te dé un cheque?

Vivien se sintió como si acabaran de darle una bofetada y un enorme nudo de angustia y tristeza le bloqueó la garganta. Parecía que estaba dispuesto a cualquier cosa con tal de librarse de ella.

—No... ése no es el motivo por el que vine a verte, Lucca.

—Sin embargo un motivo tan materialista como ése parece tener más sentido que ningún otro —afirmó con el mayor de los desprecios—. Tienes suerte de que no pueda demandarte por ponerme en ridículo.

—¿Ponerte en ridículo?

—No tienes un aspecto muy refinado que digamos, mis enemigos deben de pensar que soy un tacaño.

—¡No he venido aquí por el dinero! —protestó consternada por su actitud—. ¿Tan difícil te resulta aceptar lo destrozada que me ha dejado leer la confesión de Jasmine Bailey en ese periodicucho?

Lucca enarcó una ceja.

—No, eso puedo aceptarlo perfectamente. Lo que no entiendo es por qué sentiste la necesidad de compartir ese sentimiento conmigo.

Vivien abrió la boca sin poder emitir sonido alguno.

—Estamos prácticamente divorciados.

—Eso no es cierto... ¡deja de decirlo!

—Pero nuestro matrimonio está acabado, muerto y enterrado tan hondo que no volverá a ver la luz del día —sentenció arrastrando las palabras para mayor escarnio—. Despierta ya y deja de jugar a la Bella Durmiente porque no acaba de despertarte ningún príncipe. Han pasado dos años. Apenas recuerdo ya el tiempo que pasé contigo. Además, tampoco estuvimos juntos tanto tiempo.

Cada palabra era como un puñal envenenado que se le clavaba en el pecho haciéndola sufrir más de lo que podía soportar. Una parte de ella quería gritarle, refutar todas sus acusaciones, pero la otra parte de su ser sólo quería acurrucarse y morir en algún rincón oscuro y solitario. Los recuerdos del tiempo que había pasado junto a él seguían estando tan frescos en su memoria como si hubieran sucedido el día anterior. Quizá hubiera acabado mal, pero ella no lo había recordado con amargura, sino que había atesorado aquellos recuerdos como los más especiales de su vida. Sin embargo Lucca estaba diciéndole lo que ninguna mujer deseaba oír; que ella no había sido más que una historia entre tantas del pasado, que había quedado ya completamente olvidada. ¿Habían pasado ya dos años? ¿Cómo había hecho para no darse cuenta de todo el tiempo transcurrido?

Vivien parecía estar a punto de desmayarse, la palidez de su rostro hizo mella en la agresividad de Lucca. ¿Acaso se había propuesto deliberadamente ser cruel con ella? Creía que no, sólo le había dicho la verdad, sólo la había hecho ver lo irracional y poco prudente de su comportamiento. No obstante, le pidió que se sentara y cuando ella se negó, le ofreció una copa.

—Yo no bebo —balbució con la mirada fija en el reloj, intentando recuperar el control de sí misma.

—Lo sé, pero como una excepción, quizá te viniera bien tomarte un coñac —le sugirió Lucca molesto con su propia preocupación—. ¿Cuándo has comido por última vez?

—En el desayuno.

No dijo nada. Sabía que jamás se detenía a comer cuando estaba inmersa en algo que absorbía su concentración. Recordó que cuando él no estaba, sus empleados siempre habían tenido que controlar que ella comiera algo mientras se encontraba en mitad de alguna importante investigación. Era una mujer increíblemente inteligente en lo que se refería a las extrañas plantas que estudiaba, pero en ella, el sentido práctico brillaba por su ausencia.

Vivien levantó la mirada dejando ver aquellos ojos verdes ahora vidriosos por los fantasmas del pasado.

—No quieres que te diga cuánto lamento lo ocurrido porque no puedes perdonarme —susurró tensamente—. Lo comprendo perfectamente porque ahora mismo creo que yo tampoco seré capaz de perdonarme nunca.

Lucca no podía responder a la intensidad que desprendían sus palabras y su mirada, lo único que podía hacer era acercarle la copa.

—Voy a pedirte una limusina. ¿Has venido en tren?

—Sí, y no necesito ninguna limusina —se aproximó el fino cristal a los labios y dejó que el alcohol la quemara por dentro como si estuviera tragando fuego líquido. Bajo su atenta y fascinada mirada, Vivien se bebió hasta la última gota de coñac como si de agua se tratara. Después se puso en pie y caminó hacia la puerta manteniéndose erguida a duras penas.

—Insisto en que esperes a que venga una limusina para llevarte a la estación —afirmó Lucca tajantemente.

—Ya no tengo por qué atender a tus insistencias —respondió ella levantando bien el rostro a pesar de lo herida que estaba.

«Nuestro matrimonio está acabado, muerto y enterrado tan hondo que no volverá a ver la luz del día».

—Vivi, sé sensata.

Aquel apelativo cariñoso la hirió aún más hondo, pero continuó caminando con aparente serenidad hacia el refugio que encontraría en el ascensor mientras todas las miradas se clavaban en ella al cruzar el vestíbulo y sin poder apartar de su mente las otras veces que Lucca la había llamado así:

—Vivi, no seas pesada —solía decirle cuando ella había intentado por todos los medios convencerlo de que pasara con ella una tarde a la semana. Una tarde sólo para ellos, sin trabajo ni compromisos sociales—. Hay que ahorrar tiempo cuando se tienen hijos y nosotros gracias a Dios no los tenemos.

—Vivi... el aroma de tu piel me vuelve loco —le había susurrado tantas veces mientras la despertaba a besos con la maestría por la que era célebre y con la que le había proporcionado a Vivien el único paraíso que había conocido en la vida, el que había descubierto en sus brazos.

—Vivi... la vida va a resultarte tan dulce ahora que me tienes —le había prometido con total convencimiento en su noche de bodas, y ella lo había creído.

El ascensor se detuvo devolviendo a Vivien de golpe al presente. Ya en la calle descubrió su propia imagen en el reflejo de un escaparate que le arrancó una triste carcajada.

Muy típico en ella, no se le había ocurrido pensar en su aspecto. Nada más abandonar a Lucca, había decidido que ese tipo de frivolidades ya no eran necesarias para ella. Pero acababa de quedarse horrorizada por la extrema palidez de su rostro y el desastroso aspecto de su ropa. Debería haberse arreglado para ir a verlo; quizá así la hubiera escuchado. Al fin y al cabo él era italiano hasta la médula y desprendía elegancia por cada poro de su piel.

—¿Por qué no miras por dónde vas? —le dijo enfadada una señora con la que había chocado.

—¿*Signora* Saracino...?

Vivien miró al otro lado de la calle sorprendida, era Roberto, el chófer de Lucca que la esperaba con la puerta del pasajero de una enorme limusina abierta para ella. Los transeúntes la miraban mientras ella se preguntaba cuánto tiempo llevaría allí parada, mirándose en el escaparate y si parecería tan rara como se sentía. La sospecha de que así fuera era motivo suficiente para aceptar que la llevaran en la limusina.

«Nuestro matrimonio está acabado, muerto y enterrado tan hondo que no volverá a ver la luz del día».

¿Por qué demonios no podía quitarse esas palabras de la cabeza? El sentimiento de humillación la estaba carcomiendo por dentro. Bernice había reaccionado muy mal cuando ella había dicho que necesitaba ver a Lucca, ahora era evidente que debería haber tenido en cuenta la opinión de su hermana mayor.

Lucca se había comportado con frialdad, burla y hostilidad; no había mostrado el menor interés por nada de lo que ella tuviera que decirle y sin embargo había demostrado estar impaciente por verla marchar. La había acusado de estar poniéndolos en ridículo a ambos. Cualquiera habría pensado que había irrumpido en su oficina gritando que todavía lo amaba y que quería volver con él. Como si... Se puso la mano en el mentón para impedir que le temblara la boca y trató de acompasar la respiración entrecortada.

Parecía imposible que hacía poco más de tres años, Lucca se hubiera comportado como si ella fuera un verdadero trofeo que quería ganar a toda costa y a la que había estado intentando persuadir durante semanas de que le diera una oportunidad...

El primer conocimiento que había tenido Vivien de la existencia de Lucca había sido cuando él le había arrebatado un sitio para aparcar mientras ella maniobraba para meter su coche marcha atrás. Sabiendo que había habido gente que había fallecido de ataques de ira provocados por cosas como aquélla, Vivien había preferido marcharse y seguir dando vueltas por el campus hasta dar con otro estacionamiento. Después había vuelto a pasar caminando por el sitio robado y había mirado con desdén el lujoso Ferrari aparcado ilegítimamente.

Su suerte no había mejorado precisamente cuando un compañero la había informado de que una visita de gran importancia estaba utilizando su despacho para hacer algunas llamadas.

—¿Y qué se supone que debo hacer yo? —había rugido ella porque tenía trabajo pendiente—. ¿Quién es esa importante visita?

—Lucca Saracino... probablemente el empresario más importante que se haya graduado en esta universidad —le había explicado su veterano colega—. Es tan rico que ese Ferrari que está aparcado ahí fuera podría llevar oro líquido como combustible. Además, está pensando donar un nuevo equipo de investigación a la facultad.

—Saracino... —repitió Vivien intentando averiguar por qué le resultaba tan familiar ese nombre—. Yo tengo una alumna que se llama Serafina Saracino...

—Su hermana pequeña, que está aquí haciendo un curso de intercambio —confirmó su compañero.

Después de la breve conversación, Vivien se quedó esperando a la puerta de su despacho con tremenda paciencia. Al comienzo del curso, la joven Serafina había sufrido una terrible añoranza y había confiado sus problemas a Vivien, que había acabado tomándole cariño a la muchacha.

—¿Por qué? —se había oído la voz masculina con un ligero acento extranjero y Vivien no había podido resistirse a asomarse a la puerta entreabierta—. No hay ningún motivo, Elaine. Lo hemos pasado muy bien juntos, pero las cosas cambian y yo debo continuar. A mí no me va eso de la fidelidad y el compromiso.

Vivien sintió un estremecimiento. Una pobre mujer estaba siendo abandonada por un tipo arrogante que tenía un bloque de hormigón en lugar de corazón. Estaba a punto de alejarse hasta donde no pudiera escuchar lo que sucedía en el interior del despacho, cuando se acercó su jefe de departamento, el profesor Anstey, acompañado de un rubia ostensiblemente aburrida. Justo entonces, sucedieron tres cosas de manera simultánea: un hombre alto y moreno salió del despacho de Vivien, la rubia pareció adquirir una repentina energía que la llevó a agarrarse del brazo del hombre alto y susurrarle algo al oído, y por último, el catedrático se acercó para presentar a Vivien.

—Doctora Dillon —murmuró Lucca Saracino después de una larga pausa.

—Señor Saracino... —Vivien se encontró

con un rostro tan increíblemente bello y masculino, que por un momento todo lo demás
dejó de existir a su alrededor. Aquellos ojos
negros la privaron por un momento de la
capacidad de respirar con normalidad y no
pudo hacer caso de nada más que no fuera
él.

Pero entonces su amiga se puso literalmente entre ambos e hizo que Vivien se diera
cuenta abochornada del fallo que acababa
de cometer. Lucca Saracino era un hombre muy rico, arrogante y mujeriego... en
resumen, el tipo de hombre que ella solía
evitar. Él intentó alargar la conversación,
pero Vivien no volvió a mirarlo a los ojos y
sus respuestas fueron tan poco alentadoras
como su postura. Así que tan pronto como le
fue posible, escapó al interior de su despacho
poniendo el tiempo como excusa.

Dos días más tarde, Vivien estaba dando
una conferencia acerca del libro que ella
misma había escrito sobre helechos siendo
todavía estudiante, cuando estuvo a punto de
sufrir un ataque de nervios al ver entrar en la
sala a Lucca Saracino. Después del acto, la
esperaba junto a su hermana Serafina para
invitarla a comer y Vivien intentó declinar la
invitación.

—Por favor... —insistió la inquieta
joven—. Todo el mundo sabe lo tímida que

eres, pero Lucca sólo quiere darte las gracias por haberme ayudado cuando lo estaba pasando tan mal.

—No es cierto —intervino su hermano—. En realidad sólo quería disfrutar del placer de su compañía, doctora Dillon —aclaró Lucca sin dejar de mirarla con esos maravillosos ojos negros que hacían que la boca se le quedara seca.

Vivien acabó por acceder a acompañarlos porque no quería herir los sentimientos de la muchacha. Durante la comida, apenas probó lo que había en el plato y mientras, Lucca le hacía multitud de preguntas personales que ella no tenía la destreza de esquivar. Después, Serafina tuvo que irse corriendo a una conferencia y cuando Vivien trató de seguir sus pasos, Lucca intentó disuadirla:

—¿Por qué has decidido no llevarte bien conmigo?

—¿De dónde has sacado esa idea? —protestó Vivien asustada de que hubiera leído sus pensamientos.

Lo cierto era que no sabía qué decirle porque ni siquiera sabía qué sentía. Jamás podría confesar ante nadie, y menos aún ante él, que desde que lo había visto por primera vez no había podido dejar de pensar en él ni un minuto. Hasta hacía tan sólo unos días, no había sido más que un desconocido y sin embargo, tenía la sensación de conocerlo. Desde el momento en que se habían visto, entre ellos había surgido una extraña conexión de la que no podía deshacerse.

Lucca le pidió que saliera a cenar con él y que ella misma eligiera un día para así no poder poner la excusa de tener otro compromiso. Vivien observaba atónita el genuino interés que mostraba porque ella había dado por hecho que la atracción que había percibido procedía sólo de su parte.

—Me pareces muy bella —le dijo entonces Lucca disfrutando del poder de leer su mente.

—¡Yo no soy bella! —exclamó Vivien creyendo que se estaba burlando de ella. Después, le aseguró que ella no salía con hombres y que no había nada personal en su falta de interés y se marchó del restaurante.

Durante las dos siguientes semanas, Lucca le envió un ramo de flores cada día; pero se trataba de los ramos más preciosos e imaginativos que había visto nunca. La tercera semana se presentó en su pequeño apartamento con una cesta de picnic en la que llevaba la cena. Se coló en su casa con el mayor de los encantos y compartieron una velada muy agradable. Sólo cuando estaba a punto de marcharse le pidió otra cita.

—Estás loco —refunfuñó Vivien al ver

que no se daba por vencido—. ¿Por qué iba a querer alguien como tú salir con alguien como yo?

—Pues es lo único en lo que puedo pensar últimamente.

—Eso no tiene ningún sentido.

—Pero a ti te pasa lo mismo —aseguró Lucca sin titubear—. ¿Qué tiene que ver el sentido con todo esto?

Pero para ella tener sentido común lo era todo. Ella no era de las que perseguía arco iris, sino que sabía respetar sus propias limitaciones. Era un desastre con los hombres y lo bastante inteligente como para no entregar su corazón a alguien que lo trataría como un balón que tiraría a la basura una vez que se hubiera aburrido de él. Pero sí, por mucho que le doliera admitirlo, era cierto que se moría de ganas de estar con él; aunque sería mucho más duro tenerlo y luego perderlo. Así que se rió y le aseguró que se equivocaba por miedo a confirmar que estaba en lo cierto.

Lucca empezó a llamarla, y no de manera ocasional. Ella empezó a esperar aquellas llamadas y se sentía decepcionada e inquieta si no llegaban. Por teléfono lo encontraba increíblemente ameno sin hacerla sentirse amenazada, por lo que continuó sin enfrentarse a sus sentimientos por él, que eran cada vez más fuertes. En todo ese tiempo, su tranquilidad fue desapareciendo, y con ella su otrora completa concentración en el trabajo. No sospechaba que Lucca se había colado en su coraza, hasta que acudió a la fiesta de despedida de Serafina y lo vio con otra mujer. Destrozada por lo que consideró una profunda traición, tuvo por fin que afrontar lo que sentía por Lucca Saracino.

Comparando aquellos sentimientos del pasado con el desafiante presente, Vivien se dio cuenta de que se encontraba en una situación parecida. Miró por la ventanilla de la limusina y no vio nada. ¿Qué sentía exactamente por su marido? En cuanto había leído la confesión de Jasmine Bailey, había dejado de lado todo lo demás por la repentina necesidad de ver a Lucca. Bien era cierto que el honor la obligaba a disculparse por no haber confiado en él. ¿Pero realmente era ésa la única razón por la que había acudido a Londres a toda prisa?

Se estremeció al plantearse tan delicada pregunta, pero aun así se obligó a contestarla con total sinceridad. Y la respuesta la hizo avergonzarse de sí misma. Nada más desaparecer la barrera de su supuesta infidelidad, había deseado recuperarlo inmediatamente. Sin pensárselo dos veces, había acudido a él con la esperanza de salvar su matrimonio antes de que el divorcio fuera definitivo. ¿Acaso no había sido ése el motivo de su visita? Sólo esperaba que al menos Lucca no hubiera descubierto su ridículo secreto. Pero todavía le quedaba una duda: ¿estaba volviendo a casa sólo porque él le había dicho que lo hiciera? ¿Ése era todo el esfuerzo que estaba dispuesta a hacer?

Intentó recordar todas las veces que Lucca había recibido sus negativas antes de que finalmente cayera rendida a sus pies y accediera a salir con él. Lucca era muy orgulloso, y ya lo era hacía tres años; sin embargo no se había rendido a pesar de sus negativas. Para él habría sido mucho más sencillo elegir a cualquiera de las muchas mujeres que lo habrían recibido con los brazos abiertos. Pero había decidido que la quería a ella y no había permitido que el orgullo se interpusiera en su camino.

Se puso recta como si alguien le hubiera clavado algo en la espalda. Había claudicado al primer indicio de fracaso, mientras que Lucca había luchado por ella mucho más... ¿Tendría ella el coraje para luchar por él del mismo modo? ¿Estaba dispuesta a dejar el orgullo a un lado y hacer todo lo que estuviera en su mano para convencerlo de que todavía había una oportunidad para su matrimonio? No tardó mucho en llegar a una conclusión: vivir sin Lucca era como estar sólo medio viva.

La limusina estaba llegando a la estación cuando le pidió al chófer que la dejara allí mismo. Reparó entonces en las manchas de helado que tenía en la falda y que iban a obligarla a comprar ropa nueva antes de intentar volver a reunirse con Lucca, que hacía ya mucho tiempo le había dicho que le gustara o no, la gente juzgaba a los demás basándose muchas veces en la apariencia.

Tardó algún tiempo en encontrar una zona de tiendas y aún más en dar con la indumentaria adecuada; pero por fin salió de la boutique ataviada con un elegante vestido azul. Al principio estaba un poco tensa porque detestaba llevar cualquier cosa que pudiera hacer que la gente se fijara en ella, sin embargo recordó lo que le gustaba a Lucca cuando se ponía ropa de colores claros y se dejaba el pelo suelto.

Un taxi la llevó hasta la preciosa casa georgiana que Lucca tenía en una distinguida zona residencial de Londres. Su decorador de interiores había vendido las fotos a una revista que su hermana Bernice se había apresurado a enseñarle. Salió del coche con el corazón en un puño y con la mente dominada por el desafío que suponía volver a hablar con Lucca. Entonces alguien gritó su nombre y al volverse a mirar, un tipo con una cámara le hizo una foto y le pidió que se quedara donde estaba para poder tomar otra. Al mismo tiempo, otros periodistas se acercaban a ella corriendo y sin dejar de hacerle preguntas. Por un momento se quedó paralizada por la sorpresa, pero enseguida bajó la cabeza y corrió tan rápido como pudo hasta la puerta principal de la casa.

—¿Cómo se siente después de la confesión de Jasmine Bailey, señora Saracino?

—Esta tarde la han visto en la oficina de su marido —dijo otro periodista poniéndole un micrófono a sólo un centímetro de la cara—. ¿Es cierto que la ha hecho esperar varias horas hasta que finalmente ha accedido a recibirla?

—¿Sabía usted que Lucca está saliendo con Bliss Masterson, una de las mujeres más bellas del mundo? ¿Qué siente al respecto? ¿La intimida?

Vivien se sintió atacada y acorralada por aquellas impertinentes preguntas que la habían dejado literalmente contra la pared. Y se habría caído de espaldas cuando se abrió la puerta de no haber sido por el amable brazo que la sostuvo.

—Vivien... ¿está usted intentando salvar su matrimonio? —se oyó una última pregunta antes de que la puerta se cerrara.

—¿Está usted bien? —le preguntó su amable salvador llevándola hasta una silla de la entrada. Se trataba de Ario, el jefe de seguridad de Lucca, que siempre había sido muy amable con ella.

—S... sí —tartamudeó ella todavía temblorosa.

—Me alegro, *cara* —dijo otra voz mucho menos amable—. Me habría dado mucha rabia no tener la oportunidad de decirte que venir aquí esta noche es lo más estúpido que has hecho en tu vida.

Capítulo 3

VIVIEN no apartó la mirada de Lucca mientras se aproximaba a ella con paso firme. La terrible bienvenida que le había dado, unida a la visión de su imponente imagen dieron al traste con su concentración. Ella, que siempre había asegurado que la apariencia era algo superficial y que lo que realmente importaba eran la inteligencia y la personalidad, se había quedado completamente fascinada con la vibrante presencia masculina de Lucca. Era tan guapo, que sólo con ver aquel rostro duro y marcado y aquel poderoso cuerpo empezaba a sentirse débil y mareada.

—¿Cómo puedes decirme eso? —preguntó Vivien tan enérgicamente como pudo, al tiempo que se levantaba de la silla para defenderse. Si no respondía a sus ataques, Lucca pasaría por encima de ella y la aplastaría verbalmente sin dificultad alguna.

—¡Era obvio que la prensa acudiría en cuanto hubiera la más ligera señal de que habías reaccionado a la confesión de Bailey! —proclamó Lucca todavía enfadado, pero ligeramente suavizado por la expresión de horror que todavía se veía en el rostro de Vivien.

—Estaba tan alterada con todo esto —confesó ella con la franqueza que la caracterizaba y que de hecho formaba parte de su encanto—, que ni siquiera se me ocurrió pensar en la prensa.

—Pues deberías haberlo hecho —seguía demasiado exasperado como para dejarse influir por el sincero arrepentimiento que nublaba sus ojos verdes. Los periódicos del día siguiente mostrarían las fotografías nada favorecedoras de Vivien ataviada con aquel vestido que le daba aspecto de fantasma a punto de desintegrarse. Un accidente estilístico de grandes proporciones, seguramente aquella prenda se había lanzado de la percha directa a los agradecidos brazos de Vivien.

—Bueno... ¿podrías darme una copa? —pidió ella en tono de disculpa porque todavía se encontraba algo mareada. Y no era de extrañar pues no había comido nada desde la hora del desayuno.

—¿Otra copa? —preguntó Lucca sorprendido y con desaprobación. ¿Se habría aficionado a la bebida desde su separación? Abrió de golpe las puertas de una acogedora sala decorada en diferentes tonos de azul.

Vivien lo siguió haciéndose un lío con las manos, estaba tan inquieta, que no sabía qué hacer con los brazos.

—Supongo que estarás preguntándote por qué he vuelto a verte.

—¿No podías encontrar la estación?

—Estoy hablando en serio —lo reprendió alzando bien la barbilla.

En el rostro de Lucca se dibujó una sonrisa que era provocación e insulto al mismo tiempo.

—Aquí estamos, prácticamente divorciados y viéndonos tantas veces en un mismo día —dijo lleno de ironía, al tiempo que le tendía una copa de coñac—. Sorprendentemente, estoy muy solicitado. Bueno, has dicho que era en serio...

—Por favor, no seas así —suplicó ella mirándolo a los ojos, pero manteniéndose recta y firme—. No sé cómo llegar a ti cuando adoptas esa actitud.

Lucca le lanzó una peligrosa mirada.

—Quizá si hubieras pensado que este día podría llegar, te habrías comportado de un modo diferente durante nuestra separación...

—Si hubiera tenido conocimiento previo de la confesión de esa odiosa mujer, no habría habido tal separación —corrigió Vivien con firmeza.

—Hace dos años te valió más la palabra de una desconocida que la mía, ése fue el fin de nuestro matrimonio —contraatacó Lucca frío como el hielo.

Vivien deseaba recordarle cómo había sido todo por aquella época, pero no quería avivar su hostilidad.

—Cuando eso ocurrió ya estábamos distanciados... y tú lo sabes. Apenas nos veíamos... Tú estabas en Nueva York, después en el yate...

—Y tú podrías haber estado conmigo —espetó Lucca.

Vivien apretó las manos y después las separó de golpe en un gesto de frustración.

—Pasabas tanto tiempo trabajando...

—Ya te lo avisé cuando nos casamos.

—Yo necesitaba mis estudios para mantenerme ocupada. Lucca, por favor préstame toda tu atención durante un par de minutos para que pueda decir lo que tengo que decirte.

Lucca se las arregló para demostrar que estaba mortalmente aburrido sin decir una palabra ni mover un músculo.

—Cometí un error... un terrible error, lo admito. También comprendo que estés muy enfadado.

Él abrió la boca.

—¡Calla! ¡No digas nada! —lo detuvo ella—. Sé que tengo mucho por lo que compensarte y que una disculpa no sirve de nada.

Pero también sé que el tiempo que estuve contigo fue el más feliz de mi vida.

Lucca resopló intentando controlarse. ¿Cómo iba a creer eso?

—Estoy dispuesta a cualquier cosa para recuperar esa felicidad —añadió ella con un evidente rubor en el rostro.

Pero la respuesta no fue otra que la ira.

—Tenías esa felicidad y la desperdiciaste. Lo que sientas ahora no es problema mío, *cara*.

Sus ojos oscuros como la noche tenían una expresión tan dura que la atravesaban como una daga. Y aunque su innata prudencia le decía que debía rendirse y salir corriendo antes de dejar aún más claro sus intenciones, había algo dentro de ella que le impedía callar. Lo menos que le debía era sinceridad.

—Eso lo sé... pero he aprendido mucho de mí misma en las últimas horas. No he vuelto a ser feliz desde que te dejé.

—Es una lástima, pero me alegro de saberlo —confesó Lucca sin rastro de remordimiento, aunque al mismo tiempo apareció en su mente el aspecto de Vivien durante su luna de miel en la Toscana: sus ojos verdes llenos de dicha, sus carnosos labios siempre con una sonrisa de satisfacción. A esa imagen le siguió otra de su esbelto cuerpo sobre las sábanas revueltas que despertó su libido.

Vivien se encontró con aquella mirada oscura con reflejos dorados que tan bien conocía y el corazón le dio un vuelco como si Lucca acabara de golpearlo personalmente. Se le cortó la respiración y todo su cuerpo se quedó inmóvil como si estuviera al borde de un precipicio y el miedo a caer la bloqueara, pero ahora el miedo estaba acompañado de un deseo desesperado. El mismo deseo que había tenido que olvidar durante la separación acababa de despertar dentro de ella.

—Todavía siento algo por ti —su voz emergió casi sin fuerza mientras hacía un esfuerzo para concentrarse en lo que tenía que decir—... Te estoy pidiendo que volvamos a intentarlo. Quiero volver contigo.

El cuerpo de Lucca se llenó de la más oscura satisfacción, que no hizo más que aumentar la excitación que ya sentía.

—¿Quieres volver conmigo?

—Sí —asintió ella con los músculos tan tensos, que le dolían y tratando de no dejarse vencer por su falta de reacción y de no sentirse inferior por tal confesión.

La tensión sexual se podía cortar con un cuchillo.

—Yo no siento lo mismo —respondió él sin apartar la mirada de su sensual boca.

La ira que sentía estaba expandiéndose dentro de él y amenazaba con estallar. Hacía mucho tiempo que no estaba tan enfadado, dos años exactamente. Hacía dos años que su matrimonio se había venido abajo, dos años desde que ella había sacrificado su relación y la plena felicidad de su hijo con una displicencia que había arruinado las expectativas que Lucca tenía en su hasta entonces adorada esposa.

—Pero al menos podrías pensarlo... —persistió ella.

—¡No necesito pensarlo!

Vivien bajó la cabeza para ocultar el profundo pesar que sentía.

—Sin embargo —añadió él después de unos segundos—, si bien nuestro matrimonio fue un error...

—¡No digas eso! —estalló ella ante tan brutal declaración.

—... Jamás te echaría de mi cama...

Vivien lo miró incapaz de entender tan inesperado final. Con la maestría de un hombre que se sabía en clara ventaja en presencia de cualquier mujer, Lucca se aproximó a ella y la rodeó con sus brazos con el fin de demostrarle lo que quería decir. Vivien se quedó perpleja, mirándolo con los ojos abiertos como los de un búho y dejándose apretar contra aquel cuerpo. En una décima de segundo, Lucca se había apoderado de su boca con una intensidad sexual que la dejó completamente sin defensas.

Notó cómo su cuerpo se balanceaba inestable tras tan apasionado ataque y tuvo que agarrarse a él, que la llevó entre sus brazos hasta la pared contra la que la dejó aprisionada con su cuerpo.

—Lucca... —susurró ella sin la menor intención de resistirse porque sabía que él jamás hablaba de sentimientos y que utilizaba el sexo como modo de comunicarse. Por eso cuando volvió a tocarla después de dos años, Vivien creyó que había atravesado sus barreras y que la había aceptado de vuelta en su vida.

—¿Me deseas?

—Siempre...

Como única respuesta, él la besó como si fuera a devorarla. Vivien tuvo la sensación de no poder respirar, pero se agarró a él con ansia y alegría. Toda ella se derretía con el apasionado ardor que ni siquiera había soñado volver a sentir. Una punzada en el centro de su cuerpo la hizo moverse de manera instintiva hasta estar completamente pegada a él.

Un estremecimiento casi imperceptible recorrió cada centímetro de piel de Lucca. Deseaba levantarla en brazos y sumergirse en la dulce promesa de su delicado cuerpo una y otra vez, hasta haber saciado el deseo abrasador que ardía dentro de él. Pero en la habitación de al lado lo esperaba otra mujer. Una mujer a la que podía poseer sin promesas ni complicaciones. Sin embargo un segundo después llegó a otra conclusión. No había motivo para no celebrar su inminente libertad llevándose a su futura ex esposa a la cama y recordándole lo que ella misma había rechazado…

Cerrando sus enormes manos sobre los hombros de Vivien, separó sus cuerpos.

—Ahora mismo no es un buen momento para mí.

—¿Cómo que no es un buen momento? —le preguntó ella con los ojos abiertos de par y par y todavía brillantes de felicidad—. Yo sólo quiero estar contigo.

Lucca se quedó inmóvil por la ira que se apoderaba de él. ¿Acaso había pensado que iba a resultarle tan fácil recuperarlo? Jamás la perdonaría. Había acabado con ella y le indignaba que creyera que se disculparía y se reconciliarían como dos niños que hubieran tenido una pelea.

—Me parece que estamos hablando de cosas diferentes, *cara* —aclaró él con toda la frialdad de la que era capaz—. No tengo el menor interés en recuperar nuestro matrimonio. ¿Cuántas veces tengo que decirte que eso lo he dejado atrás hace ya mucho tiempo?

Vivien se había quedado petrificada y el color había desaparecido de su rostro dejándola lívida como un muerto. Tenía la sensación de estar caminando a ciegas por un pantano. No comprendía por qué de pronto la miraba como si fuera un raro espécimen de laboratorio.

—Pero... hace un segundo estabas be... besándome —tartamudeó desconcertada.

Lucca la miró con algo parecido al dolor. Aquella mujer veía la vida en blanco y negro, todo para era tan literal y tan sencillo. A su lado no era más que un accidente que podía ocurrir en cualquier momento, y eso no hacía más que aumentar su ira. La culpa de que su matrimonio hubiese fracasado era de ella no de él.

—Eso era sexo —afirmó con una sencillez cruel.

Como era de esperar, Vivien se ruborizó y miró a otro lado incapaz de afrontar esa palabra de cuatro letras que siempre trataba de evitar.

—Bueno, sí... pero...

—Que me apetezca darme un buen revolcón contigo no significa que desee volver al sagrado matrimonio —añadió él implacable—. Por lo que recuerdo, eras una tigresa en la cama.

Ante tan inoportuno elogio sin duda calculado con el propósito de menoscabar aún más la poca dignidad que le quedaba, Vivien le dio un bofetón tan fuerte que le dolió la mano. Y no se arrepintió lo más mínimo pues de ningún modo estaba dispuesta a permitir que le hablara así. Con un poco de suerte recordaría aquel bofetón más que su estúpida rendición al primer beso. Se alejó de él lívida pero con la cabeza bien alta. No podía arriesgarse a derrumbarse y hacer el ridículo en su presencia.

—Ninguna mujer se ha atrevido a pegarme jamás... —dijo él apretando la mandíbula y agarrándola del brazo para impedir que llegara a la puerta.

—Ya se nota —murmuró ella sin querer ver la marca roja que le había dejado su mano en la mejilla—. No importa lo que hiciera en el pasado o lo mucho que te haya hecho enfadar hoy, quiero que sepas que lo hice con buena intención y nunca quise hacerte daño ni ofenderte. No merezco que me hables como si fuera una basura...

—Yo no...

—Y no voy a permitir que me hagas sentir culpable por intentar salvar nuestro matrimonio...

—¡Hace dos años no lo intentaste tanto! —contraatacó Lucca con una furia que paralizó a Vivien.

Estaba haciendo un verdadero esfuerzo por contener la angustia que la estaba destrozando por dentro. Lo había perdido para siempre, ya no habría vuelta atrás ni segundas oportunidades. Él la despreciaba y no sabía si podía culparlo por ello. Parecía que todo lo que había ocurrido había sido por su culpa, aunque en lo más profundo de su tristeza ella sabía que no era totalmente cierto. Quizá había sido más feliz con él que sin él, pero su matrimonio no había sido perfecto ni mucho menos y ella había sido la única dispuesta a transigir en cualquier ocasión.

—Puede que sea demasiado tarde, pero lo estoy intentando ahora —explicó llena de dolor—. ¿Es eso tan malo?

De pronto se abrió la puerta dejando paso a una altísima y llamativa mujer.

—Bliss… ya acabo —susurró Lucca suavemente—. Enseguida estoy contigo.

«¿Bliss?» Bliss Masterson. Vivien no había reconocido el nombre cuando se lo había oído a uno de los paparazzi, pero sí reconoció su bello rostro nada más verlo, era la impresionante modelo que aparecía en esa campaña publicitaria de perfumes.

Como un ratoncillo asustado ante una cobra, Vivien se encontró mirando atontada a la mujer más bella del mundo. No podía evitar mirarla porque era increíblemente guapa.

Con un sudor frío cubriéndole el cuerpo, se dio cuenta de que en todo el tiempo que ella había estado allí con Lucca, Bliss debía de haber estado esperándolo. Mientras ella había estado inmersa en su lucha torpe y denodada por convencer a Lucca de intentarlo de nuevo, él habría estado deseando que se marchara de una vez.

—Vivien... —dijo la modelo con envidiable desenvoltura—, no nos han presentado, pero tengo la sensación de conocerte gracias a su hijo.

—¿Mi hijo...? —Vivien tenía la sensación de estar a punto de derrumbarse.

—Marco es encantador... y se parece tanto a su padre —añadió Bliss lanzándole una íntima mirada a Lucca—. Es que adoro a los niños.

—Claro —farfulló Vivien bajando la mirada para esconder su mortificación. Se sentía humillada y completamente fuera de lugar, pero no sólo por la presencia de aquella mujer, sino por la familiaridad con la que trataba a Lucca. Ella era la visita no deseada pues Bliss estaba como en casa y desde luego no parecía sentirse muy amenazada por la aparición de la esposa de Lucca. ¿Le contaría él que Vivien le había suplicado una segunda oportunidad? ¿Se reirían juntos a su costa? Comparada con Bliss Masterson...

en realidad no podía ni compararse con ella. Vivien era pequeña e imperfecta en todos los sentidos. Hasta su carísimo vestido recién comprado parecía un disfraz comparado con el sencillo traje color crema de la modelo.

Con los ojos embotados con las lágrimas a punto de caer, Vivien se dirigió hacia la puerta que comunicaba con el vestíbulo.

—Será mejor que esperes —la informó Lucca—. No queremos dar más que hablar a la prensa. Lo más práctico es que Bliss salga antes por la puerta de atrás, llega tarde a un acto benéfico.

Vivien hizo un esfuerzo sobrehumano por contener las lágrimas y mantener en los labios una sonrisa que parecían haberle pintado. Verse obligada a contemplarlos juntos era una tortura que no le deseaba ni a su peor enemigo. Por fortuna, Lucca acompañó a la modelo hasta la puerta, donde ella ya no podría verlos.

—Espero volver a verla —dijo Bliss efusivamente antes de salir de la habitación.

Vivien apretó las manos fuertemente para impedir que siguieran temblando. ¿Por qué demonios había vuelto a ver a Lucca? ¿Qué locura se había apoderado de ella? ¿Cuándo le había faltado a él la compañía de alguna mujer?

En aquel momento sonó el teléfono móvil

que llevaba en el bolso.

—¿Dónde estás? —inquirió Fabian Garsdale al otro lado—. Llevo media hora esperándote.

—Fabian... —se limitó a farfullar Vivien atontada. Había olvidado por completo que había quedado con su compañero para asistir a una conferencia mientras la madre de él cuidaba de Marco. Habían acordado la cita hacía semanas por lo que la señora Garsdale estaría justificadamente ofendida por tal desplante—. Lo siento muchísimo... es que me ha surgido algo. ¿Cómo puedo disculparme? Había olvidado que íbamos a salir.

Lucca no se desconcertaba fácilmente, pero aquello consiguió dejarlo inmóvil en el sitio. Miró perplejo el delicado rostro de Vivien. Había actuado de un modo tan inocente, hasta le había dado a entender que todavía sentía algo por él. Incluso había caído rendida en sus brazos hacía tan sólo unos minutos. Y sin embargo había otro hombre en su vida, Lucca se sintió ultrajado. ¿Fabian? ¡Qué nombre tan repulsivo! Seguramente se trataba de un ratón de biblioteca que se sentiría perdido entre las sábanas sin sus libros, imaginó Lucca con sarcástico desagrado.

Vivien continuó hablando sin sospechar que tenía público pues lo primero que quería era enmendar el tremendo error de haberle dicho a Fabian que había olvidado su cita.

—Será mejor que llame a tu madre y me disculpe personalmente... después de que fuera tan amable de ofrecerse a ayudar.

—Ya le he dicho que te habías puesto enferma, no tienes por qué llamarla hoy.

La alivió comprobar que su respuesta había aplacado un poco el ánimo de Fabian.

Lucca por su parte presenciaba tan inaudito descubrimiento. La relación de Vivien debía de ser muy seria si ya conocía a la madre del sujeto. *Dio mio*, ¿significaría eso que la última puritana del siglo veinte estaba acostándose con el ratón de biblioteca? Lucca estaba indignado, profundamente indignado por la desaparición de los estrictos preceptos morales de Vivien. Por supuesto no le negaba el derecho a rehacer su vida, sin embargo creía que las necesidades de Marco debían ser lo primero para ella y no le parecía que un padrastro fuera lo mejor para su hijo.

—¿Te ha dicho Bernice dónde estaba? —preguntó Vivien a Fabian con cierta incomodidad.

—No, Bernice no está. Las luces están encendidas, pero no parece que haya nadie.

Vivien se quedó de piedra al oír aquello. Su hermana habría tenido que sacar al niño de la cama para salir de casa y Marco no era fácil de apaciguar cuando se le despertaba. Frunció el ceño preocupada y justo entonces descubrió que Lucca estaba de vuelta en la habitación.

—Estas llamadas son muy caras —se quejó Fabian.

Se le encogió el corazón al ver la expresión del rostro de Lucca. ¿Cómo podía ser tan susceptible a todo lo que él hiciera o pensara? Debía de resultar penosa para él y para su bella amiga. La pobre y triste Vivien persiguiendo un sueño romántico y a un marido que pensaba que su relación con ella no había sido más que un error. Esbozó una falsa sonrisa pues estaba segura de que Lucca estaría avergonzándose de ella, por no estar a la altura de su sofisticada actitud. Y con el tono más jovial del que era capaz, le dijo a Fabian que lo vería el viernes en la facultad.

—Será mejor que me vaya —anunció después de guardar el teléfono y sin atreverse a mirarlo directamente.

—No puedes marcharte.

—¿Cómo?

—La casa está rodeada de paparazzi. Bliss se las ha arreglado para que no la vieran, pero no podemos volver a arriesgarnos —explicó secamente—. Tendrás que pasar aquí la noche y escabullirte por la mañana.

Viven lo observó consternada y después se encaminó a la puerta.

—No puedo quedarme... de ningún modo.

—La prensa está ahí fuera esperándote —murmuró él con suavidad—. Tu aparición hace una hora no ha hecho más que despertar su apetito, ahora serán mucho más agresivos.

—Lo sé —admitió Vivien aterrada por tal posibilidad—. Pero no puedo quedarme...

—¿Por qué no? Es lo más sencillo. Los paparazzi no se van a quedar ahí esperando toda la noche, podrás salir discretamente a primera hora de la mañana —con la naturalidad de quien no estuviera ofreciendo más que un poco de hospitalidad a su futura ex esposa, a quien hasta el momento había dado tan fría acogida, Lucca la miró detenidamente mientras esperaba su respuesta.

No quería estar bajo el mismo techo que él, pero aquellos paparazzi ya le habían resultado demasiado amedrentadores antes como para tener que volver a enfrentarse a ellos. Lo que Lucca decía parecía bastante lógico, él siempre había destacado por su sentido práctico. Si tomaba el primer tren de la mañana, llegaría a casa a tiempo para despertar a Marco y llevarle el desayuno a la cama a su hermana a modo de agradecimiento.

—Está bien... me quedaré... gracias — añadió con poca naturalidad.

—Debes de tener hambre.

—No —respondió ella sinceramente pues lo cierto era que no tenía el menor apetito—. Ha sido un día muy largo y estoy cansada. ¿Podría subir a dormir ya?

—Me sorprendes, *cara* —susurró él con los ojos brillantes clavados en ella—. Pensé que aprovecharías la oportunidad para seguir luchando por revivir lo nuestro.

Se estaba riendo de ella con la mayor crueldad imaginable. Su mordacidad había sido siempre el lado oscuro de su gran inteligencia.

—Quizá tenga que reconsiderar si mereces tanto esfuerzo —replicó dignamente.

—En términos económicos... sí, merece la pena. En otros aspectos, tendríamos que negociar.

—No sé de qué hablas y no quiero saberlo —estaba demasiado tensa como para pensar con claridad y demasiado exhausta como para correr el riesgo de seguir a su lado—. Sólo quiero ir a mi dormitorio.

—Te acompaño.

Durante una décima de segundo, se permitió el placer de mirar a Lucca pues sabía que seguramente no volviera a verlo antes de irse. No pudo evitar preguntarse qué había en él que lo hacía tan irresistible. ¿Su oscura y poderosa belleza masculina o esa inteligencia sofisticada y analítica que siempre la había desconcertado? Él le había enseñado que incluso con la seguridad que daba un anillo de boda, amar a otro ser humano podía ser una experiencia angustiosa.

—Eres muy inteligente para la mayoría de las cosas —le dijo de pronto deteniéndose al final de la escalera—, pero no se te daba muy bien estar casado —añadió en tono ausente y con voz baja.

—¿Puedes repetir? —le pidió Lucca ostensiblemente desconcertado.

—El matrimonio era lo único que no habías probado… era toda una novedad para ti —comenzó a decir mirando al vacío porque sabía que si lo miraba a él perdería el valor—. Una vez gastaste dos millones de libras en un cuadro que tuviste un solo día en tu apartamento para después donarlo a un museo, y no creo que hayas ido a verlo una sola vez. Lo que te excitaba era hacerte con él.

—Eso es una tontería —tenía la mandíbula apretaba mientras encendía las luces del enorme dormitorio a la que la había llevado.

—Yo era para ti como ese cuadro. Una vez me conseguiste, perdiste todo el interés —añadió bruscamente.

—No tengo la intención de intentar rebatir tan imaginativo razonamiento. Utiliza el teléfono si necesitas cualquier cosa —se dirigió a la puerta con los andares de un depredador arrogante, masculino y seguro de sí mismo—. *Dormi bene.*

«¿Que duerma bien?» Debía estar bromeando. Una carcajada histérica se le quedó atrapada en la garganta mientras el resto del cuerpo le temblaba sin parar...

Capítulo cuatro

CON la determinación de no dejarse vencer por sus emociones, Viven levantó el auricular del teléfono y se dispuso a llamar a su hermana. No hubo respuesta, por lo que su preocupación se fue haciendo más y más intensa mientras esperaba que contestara al teléfono móvil.

—¿Vivien? —dijo por fin Bernice, cuya voz sonaba ahogada por el ruido atronador de la música de fondo—. ¿Por qué me llamas?

Era increíble que la música no la aturdiera, pero ahora entendía que no hubiera oído el teléfono que se encontraba en el recibidor de la casa.

—Estaba preocupada. Parece ser que Fabian ha estado allí antes, pero tú habías salido.

—No había salido —respondió después de un largo silencio—. Pero cuando vi que era él no me molesté en abrir la puerta. Es tan aburrido.

—Yo también voy a ser aburrida y te voy a pedir que bajes un poco la música; si Marco llora no podrás oírlo. Escucha, había pensado pasar aquí la noche y volver a primera hora de la mañana, pero si prefieres que vuelva esta noche...

—No seas tonta. No hace falta que vuelvas —aseguró su hermana con impaciencia. Se oyó el ruido de una puerta al cerrarse y después un agradable silencio—. Marco está bien... durmiendo como un tronco. ¿Qué tal te ha ido con Lucca?

—Mal —confesó derrumbándose sobre la cama—. Está saliendo con Bliss Masterson, la modelo. Es preciosa.

—¡Vaya, querida! —exclamó riéndose malévolamente—. Parece que no es tu día. Te lo advertí, ¿no es cierto?

—Sí.

—Lucca es un desgraciado. ¿Le has pedido el dinero?

—Sí... no habrá ningún problema.

—¡Genial! —exclamó Bernice entusiasmada.

Entonces le pareció oír otra voz al otro lado de la línea.

—¿Hay alguien contigo?

—¿Por qué me preguntas eso? —replicó su hermana indignada.

—He creído oír a alguien más.

—Pues no... será la televisión. ¡Hasta mañana!

Y colgó el teléfono sin darle tiempo a despedirse. Vivien se quedó allí tratando de hacer algo con el dolor que le perforaba el corazón. Hacía más de tres años desde el día en el que había salido corriendo de la fiesta de Serafina después de ver a Lucca con otra mujer guapísima. Él la había seguido hasta la calle.

—Entonces sientes por mí lo mismo que yo por ti —le había dicho con tremenda satisfacción—. No te preocupes por mi acompañante, no significa nada.

—¿Lo sabe ella? —le había preguntado Vivien escandalizada.

—Es contigo con quiero estar, *bella mia* —había asegurado él encogiéndose de hombros—. Las demás no son más que sustitutas y si quieres culpar a alguien de ello, cúlpate a ti misma.

—¡No intentes hacerme responsable de que seas un mujeriego!

—Soy soltero… no engaño a nadie ni hago nada malo. No seas tan puritana. Si fuera tan formal como crees que te gustaría que fuera, estaría casado y con hijos y por tanto moralmente fuera de tu alcance. Siendo como soy, estoy disponible para ti, lo único que tienes que hacer es dejar de correr como una chiquilla huyendo de lo que sabes que hay entre nosotros.

A las tres de la madrugada se había presentado en su casa y ella lo había dejado entrar aliviada de que al menos no estuviese pasando la noche con la otra.

—Contigo será diferente, *cara* —le había asegurado estrechándola en sus brazos—. Me tendrás sólo para ti.

Vivien se había quedado boquiabierta al comprobar que él le ofrecía como un extra algo que ella había dado por supuesto.

—Y voy a hacerte muy feliz. Es tan sencillo, ¿por qué hacerlo tan complicado? —había añadido con un suave susurro acompañado por besos.

Pero lo único que había resultado sencillo había sido saber que lo amaba, algo en lo que por otra parte, no creía que tuviera otra elección. Se veían siempre que podían, pero nunca era suficiente para ninguno de los dos. Vivien se había enamorado locamente y no había tenido ninguna duda sobre su relación por eso aceptó su proposición cuando dos meses más tarde le pidió que se casara con él. No sospechaba que una vez le hubiera puesto el anillo de compromiso, desaparecería la intimidad de la que habían disfrutado hasta entonces.

Los amigos de Lucca la alababan en su presencia, pero lo cierto era que en un círculo tan distinguido como aquél, todo el mundo se sentía insultado por que hubiera elegido como futura esposa a una profesora de universidad poco sofisticada. Las continuas alusiones a la reputación de Lucca con el género femenino o su falta de encanto afectaron enormemente a la autoestima de Vivien y a su fe en su futuro marido.

En aquel momento Vivien no era consciente de aquella realidad. El día de la boda había sido el más feliz de su vida y la corta luna de miel una verdadera delicia. Sin embargo, sólo diez meses más tarde Vivien se sentía sola y triste; pero de no haber sido por la historia de Jasmine Bailey, habría seguido con él. Lucca nunca había llegado a entender por qué lo había abandonado. Su aparente infidelidad la había convencido de que el divorcio era la mejor opción que le podía dar a un hombre que había dejado claro durante las últimas semanas que lamentaba haberse casado con ella...

Vivien se metió en el baño contiguo al dormitorio y con lágrimas de dolor empapándole el rostro decidió darse un baño caliente con la esperanza de que la ayudara a relajarse.

Ya sumergida en el agua, unos minutos después se encontró preguntándose por qué Bernice detestaba tanto a Lucca. Su hermana jamás había tenido una palabra amable sobre él y, para ser sincera, lo cierto era que él tampoco había sido nunca demasiado amable con ella. Probablemente se debía únicamente a un choque de personalidades. Vivien respiró hondo y deseó tener al pequeño Marco junto a ella.

Un suave golpe en la puerta del cuarto de baño la sacó de sus pensamientos con un sobresalto que la hizo salpicar agua por todos lados.

—¡No estoy vestida! —avisó rápidamente a quien estuviera llamando.

—No importa —dijo Lucca desde el otro lado—. He pedido que te suban una bandeja con comida, pero como me han dicho que no contestabas he decidido subírtela yo.

—No tengo hambre.

Nada más atravesar el umbral de la puerta, sus oscuros ojos se entrecerraron para observarla con una intensidad estremecedora. Con lo primero que se encontró fue con la tentadora visión de unos delicados pechos de piel blanca coronados por unos suculentos pezones rosáceos. Ella trataba de ocultar su desnudez apretando las rodillas al pecho, como siempre, despojada de todo artificio. Tenía el pelo húmedo y alborotado, los ojos brillantes y la boca tan sensual como un pecado…

—Pues yo sí —respondió él ferozmente.

—Entonces quédate tú con la bandeja —sugirió Vivien tratando de apartar la mirada de él y fracasando estrepitosamente en tal intento. Tenía unos ojos preciosos que emitían destellos de bronce y oro, unos ojos que al mirarla provocaron en ella un ardor en la zona pélvica y entonces pensar razonablemente se convirtió en un verdadero reto. Se había quitado la chaqueta y la corbata y desabrochado los botones superiores de la camisa; con lo que tenía un aspecto más atractivo y peligroso que nunca. Todos los sentidos de Vivien reaccionaron disparando por su cuerpo multitud de escalofríos.

—¿Por qué no me pides que me vaya? —preguntó provocador.

Vivien sabía perfectamente por qué, pero era demasiado cobarde para decírselo. En sólo unos segundos su mente se había llenado de imágenes en las que él se acercaba a ella y la sacaba del agua para llevarla directamente a la cama y saciar el deseo irrefrenable que siempre había despertado en él.

Lucca inclinó la cabeza hacia atrás; había leído la respuesta en la mirada desprotegida y llena de esperanza de Vivien. Con el estilo que le caracterizaba, asumió que había llegado el momento de dar el primer paso para que ella no se sintiera mal por lo que estaba haciendo. Pero descubrió con sorpresa que esa vez quería algún tipo de contribución de su parte. ¿Por qué tenía que hacerle siempre las cosas tan fáciles? Después de todo, él ya había orquestado toda la situación para provocar el presente desenlace. La había disuadido de que no se marchara a casa para estar con el ratón de biblioteca porque tenía la intención de seducirla y pasar la noche con ella. Pero ahora de repente, había tomado la determinación de hacerla elegir y actuar en consecuencia...

—Si quieres dormir conmigo esta noche, estaré en la habitación de al lado esperándote —vio cómo su rostro se ruborizaba un poco más con cada palabra.

—¿Cómo... cómo puedes decirme eso? —preguntó cuando consiguió superar ligeramente el bochorno.

—La vida es muy corta. Estoy intentando evitar que nos hagamos viejos antes de que te decidas a actuar. Decide si me deseas lo suficiente como para arriesgarte o no —a pesar del ultimátum, su voz sonó suave y seductora—. Tú decides.

Vivien oyó mortificada cómo la puerta se cerraba. Se había ido. Se levantó de la bañera temblando y comenzó a secarse. La conocía tan bien; había reconocido sin problemas el deseo que sentía, se había dado cuenta de que estaba allí sentada esperando a que él fuera por ella. Pero en lugar de hacer lo que siempre había hecho, se había burlado de su pasividad y le había lanzado un increíble reto.

Ella nunca había sido de las que se arriesgaban, por eso todo lo que había hecho durante el día le resultaba ahora bastante irreal. Había acudido en busca de Lucca no una, sino dos veces. ¿Y qué había conseguido con tanta valentía? Sólo la había hecho destapar todas las mentiras que se había estado diciendo a sí misma durante los últimos años. La había obligado a enfrentarse a la realidad, a lo desgraciada que era sin él. Y ahora la había obligado a considerar una vía para resucitar su matrimonio en la que ni siquiera había pensado.

A pesar de la deslumbrante belleza de Bliss Masterson, Lucca seguía sintiéndose atraído por su esposa. En lugar de escandalizarse de su proposición, quizá debería pensar que era afortunada por seguir despertando su interés sexual. Además, si Lucca no la encontrara atractiva, no habría existido posibilidad alguna de reconciliación. ¿Quería eso decir que debía acudir a su llamada?

¿Acaso no era demasiado pronto para volver a acabar en la cama con él? Lucca no sufría sus inhibiciones y siempre había tenido unos impulsos sexuales muy fuertes. Al fin y al cabo, todavía estaban casados y si se habían separado, había sido por su culpa.

Había pasado el día entero diciéndole que quería volver con él, así que no tenía derecho a quejarse de que él hubiera entendido sus palabras de la manera más literal. Y si la desafiaba a arriesgarse por él, ¿no estaría dándole a entender que había esperanza de que hubiera un futuro para ellos?

Aquél no era el momento de cuestionarse si era lo bastante sexy o no porque probablemente aquélla sería la última oportunidad que iba a tener de salvar su matrimonio, así que no podía permitirse desperdiciarla por culpa de la timidez. Sin pensarlo dos veces, se puso la ropa interior y, como le parecía un poco estúpido vestirse por completo, se echó por encima la colcha de la cama y salió de la habitación antes de que los nervios se apoderaran de ella.

Cruzó el umbral de la puerta de al lado sólo para descubrir que... la habitación estaba completamente a oscuras y vacía. Tampoco estaba en el dormitorio de enfrente. En busca de un marido, pensó histérica. ¿Habría cambiado de opinión?

—No hace falta que registres la casa entera, estoy aquí... —anunció Lucca con sarcasmo.

Vivien se dio la vuelta asustada, pero al hacerlo se tropezó con el extremo de la colcha y cayó de bruces en mitad del pasillo.

—*Dio mio*... ¿Estás bien? —Lucca se agachó y le tendió una mano para ayudarla a levantarse.

—¡Perfectamente! —respondió con tremenda frustración. Ya le resultaba difícil actuar con dignidad en un terreno en el que nunca se había sentido segura, pero estar allí vestida de sofá y acabar de bruces a sus pies como una tonta suponía haber caído aún más bajo.

Por cuestiones prácticas, Lucca la levantó en brazos y la llevó hasta su dormitorio.

—Bueno... ¿Y ahora qué? —preguntó ella intentando mantenerse firme.

—Pues voy a quitarte todo esto antes de que te rompas una pierna —dicho y hecho, agarró la colcha y la hizo girar sobre sí misma antes de que tuviera siquiera la oportunidad de protestar.

—¡Ay! —despojada de lo único que podía ocultarla, Vivien cruzó los brazos sobre el pecho y entonces lo miró detenidamente por vez primera.

Sólo llevaba puestos unos calzoncillos que le cubrían únicamente hasta la parte superior de los muslos. Aparte de eso, su cuerpo bronceado y musculoso se desplegaba ante ella con todo su encanto y atractivo. Los hombros anchos, los pectorales ligeramente cubiertos de vello y el estómago liso como una plancha. Algo parecido al vuelo de cientos de mariposas se desató en el interior de Vivien.

—Me resulta… tan raro estar aquí contigo otra vez —confesó con la respiración entrecortada.

—Yo diría que resulta erótico… —matizó él acercándose para pasarle la mano por el pelo alborotado—. Me siento como un sultán, tengo una esclava y tengo la sensación de que esta noche puedo conseguir todo lo que desee.

Vivien se echó a reír con nerviosismo porque pensó que debía de estar bromeando.

—Yo no llegaría tan lejos…

—Creo que llegarías tan lejos como yo deseara, *mia bella* —aseguró saboreando sus labios entreabiertos con ardiente precisión.

Era como ver una llama acercándose a la dinamita y no podía evitar que su cuerpo temblase expectante. Lucca levantó el rostro para observarla detenidamente y después la besó de nuevo con una pasión que reclamaba una respuesta por su parte, pero que la obligó a agarrarse a sus hombros para no caerse.

Fue bajando las manos hasta despojarla del sujetador, instintivamente ella trató de ocultarse los pechos con las manos, pero él se lo impidió. Sus ojos dorados se posaron en la piel desnuda con gesto de admiración.

—He echado tanto de menos tu cuerpo…
—confesó él.

A pesar de la satisfacción que le daba oír aquello, se sentía desnuda y desprotegida ante tanta atención.

—Va a ser un verdadero placer reencontrarme con él —susurró mientras sus dedos acariciaban los pezones erectos provocando un gemido ahogado. Se agachó ligeramente y la levantó del suelo en sus brazos.

—¿Dónde… adónde nos lleva todo esto… a ti y a mí? —preguntó tartamudeando.

—A mi cama… no me hagas preguntas con trampa —le sugirió él—. No eres lo bastante sutil.

La dejó suavemente sobre el lecho. No le había dicho ninguna mentira. Había sido directo con ella, se aseguró Lucca a sí mismo. Si ella elegía seguir siendo la eterna optimista y llegar a conclusiones erróneas, era problema suyo. Él la deseaba y ella estaba dispuesta. ¿Por qué complicar las cosas? La tenue luz iluminaba su melena al mismo tiempo que acentuaba la perfección de su piel y de su fina figura.

La tenía agarrada por las muñecas, atrapada contra la cama y en sus labios había una tímida sonrisa. No había nada sospechoso en su interés por ella, nada cruel en su provocación; era evidente que la deseaba. La duda de cuánto habría deseado a Bliss Masterson amenazó con estropear el momento, pero Vivien apartó tal pensamiento de su mente tan rápido como pudo.

—Eres muy bella… en tus pequeñas proporciones —añadió Lucca toscamente, como si tuviera miedo de que tal cumplido pudiera hacerla pensar algo que no era.

—Eso es lo que tú crees.

—¿Es que Fabian no piensa lo mismo?

—¿Fabian? —abrió los ojos sorprendida porque no entendía cómo era posible que Lucca supiera siquiera de la existencia de su amigo; pero la duda no era lo bastante importante como para ponerse a investigarla en aquel momento—. No creo que nunca se haya parado a pensar en mi aspecto. Al igual que yo, encuentra más interesantes las cuestiones prácticas…

—*Dio mio*… qué romántico —murmuró Lucca entre dientes y contrariado por la manera en la que Vivien comparaba su naturaleza con la de ese otro hombre—. Pues yo creo que en este momento… todo cuenta, *bellezza*.

—Claro que sí —asintió con el corazón en un puño.

—Entonces deja de esconderte entre las sábanas. Ha pasado mucho tiempo, déjame que disfrute de la vista —susurró dirigiendo su mirada hacia las braguitas que todavía llevaba puestas y disponiéndose automáticamente a quitárselas—. Mucho mejor así...

Sus oscuros ojos dorados se pasearon por su cuerpo con sensualidad antes de alejarse un poco para quitarse los calzoncillos. Su excitación era más que evidente y parecía que tener público lo animaba en lugar de inhibirlo. Ella sin embargo se ruborizó y tuvo que cerrar los ojos para ocultar las sensaciones que estaba notando en el bajo vientre.

—Mírame... —le ordenó Lucca acostándose a su lado.

Sus párpados se abrieron lentamente y vio la mano de él paseándose delicadamente por sus pechos, entreteniéndose especialmente en los pezones. Arqueó la espalda al tiempo que una ráfaga de escalofríos le recorría la espina dorsal.

—Lucca...

Él bajó la cabeza hasta que su lengua pudo pasearse por el terreno que ya habían reconocido sus dedos y ella movió las caderas intentando manejar el calor ardiente que sentía entre los muslos. Hacía tanto que no la tocaban, que la sorprendió la respuesta de su propio cuerpo. Apretó las manos y trató de hacerse con el control que rápidamente volvió a perder para zambullirse de lleno en el placer.

Lucca volvió a estirarse, esa vez para sumergir su lengua en el delicioso interior de su boca. Se movió una y otra vez hasta que Vivien lo envolvió entre sus brazos y notó su respiración entrecortada por el deseo. Ya encima de ella, fue acomodando la mano hasta dar con el fuego líquido que se escondía entre sus muslos.

—Me necesitas, *cara*... —susurró con una risa de masculina satisfacción mientras sus dedos exploraban con maestría aquellas profundidades de su cuerpo. El placer era un tormento que la hacía retorcerse y gemir.

—Lucca, por favor... —se oyó suplicarle, pero no le importó. El deseo era tan fuerte que la controlaba sin que ella pudiera hacer nada.

Entró en ella con un gruñido primitivo y ella se estremeció ante el poder de su penetración y levantó las piernas para poder sentirlo en lo más profundo de su cuerpo. En mitad de una excitación salvaje que nunca había conocido, Vivien apreció el cambio que Lucca había experimentado, pero el placer la arrastró alejándola por completo de cualquier pensamiento. Se abandonó a la explosión que estaba teniendo lugar dentro de su cuerpo, sumergiéndola en un clímax intenso y arrollador.

Tras la tormenta de placer, Vivien quedó débil e indefensa y se abrazó a él intentando recuperar el aliento. Era increíblemente feliz, pensó con alivio y gratitud. Estaban juntos de nuevo; sabía que todavía había muchas cosas que limar, pero la separación había acabado y ahora se abría ante ellos una nueva oportunidad.

—No podía vivir sin ti —murmuró intentando no dejarse llevar por la emoción, aunque resultaba muy difícil no echarse a llorar de felicidad.

—¡No me digas, *cara*! —dijo él dándole un beso en la frente.

Trató de no reírse del modo en el que ella se aferraba a él, haciéndole sentir el poder de ser indispensable. Por un momento habitaron juntos aquel breve intervalo en sus vidas, pero el recuerdo de los últimos dos años no tardó en volver a la mente de Lucca, llenando su alma de nuevo con la frialdad del acero.

Inconsciente del cambio, Vivien acariciaba su pecho admirando la perfección de su piel y después levantó la mirada hacia su rostro.

—Yo... todavía te amo.

—Qué honor —respondió alzando la mano y marcando un pequeño espacio con dos dedos—. ¿Me quieres así? ¿O así? —preguntó separando más los dedos.

Ella sonrió tímidamente pensando que estaba bromeando.

—Te quiero al menos el doble de eso...

—Pero yo no te he pedido ese amor... yo sólo quería sexo.

Una mueca de dolor transformó el rostro de Vivien.

—No hables así.

—Si tanto me amas, me perdonarás —aseguró Lucca sarcásticamente.

Sólo entonces identificó el tono oscuro y frío de su voz, algo iba mal. Lucca la apartó de su lado y se levantó de la cama mientras ella no dejaba de mirarlo. Era como si acabara de asestarle una puñalada que la había partido en dos. Se había entregado a él, le había ofrecido su amor, pero él lo había rechazado. «Yo sólo quería sexo». La humillación la hizo estremecer.

El teléfono que había en la mesilla de noche sonó de pronto. Lucca contestó maldiciendo en italiano y la expresión de su rostro cambió automáticamente.

—Sí, soy Lucca Saracino. ¿Qué ha ocurrido?

El tono de su voz hizo que Vivien se incorporara en la cama y lo observara; el color aceitunado de su rostro se había convertido en blanco inmaculado.

—¿Qué hospital? ¿Cómo está? —inquirió

con seriedad—. ¿Cómo ha ocurrido?

Mientras escuchaba las facciones de la cara se le iban endureciendo hasta convertirse en piedra.

—Gracias. Ahora mismo voy para allá.

Al tiempo que colgaba el teléfono le lanzó a Vivien una gélida mirada de reprobación.

—Era la policía. Marco está en el hospital, tiene cortes y magulladuras. Lo encontraron solo en la calle.

—¿Co…cómo? —preguntó Vivien perpleja.

—Tu hermana ha intentado llevárselo con ella, pero por lo visto estaba demasiado borracha para hacerse cargo de él. Parece ser que lo había llevado a una fiesta de la que se escapó sin que nadie se diera cuenta —explicó Lucca subiendo paulatinamente el tono de voz.

—¡Dios mío! —aterrada por que su hijo hubiera sufrido algún daño, Vivien intentó no pensar en cómo era posible que hubiera sucedido algo tan terrible y se concentró en lo que verdaderamente importaba—. ¿Marco está en el hospital? Pero… ¿está bien?

Lucca no respondió, sus ojos seguían clavados en ella con un brillo amenazador.

—¿Cómo demonios se te ocurrió dejar a mi hijo al cuidado de esa bruja egoísta?

—¡Por favor dime si Marco está bien!

—insistió Vivien muy alterada.

—*Dannazione!* ¿A qué le llamas estar «bien»? Tiene cortes y magulladuras y está muerto de miedo. Podrían haberlo secuestrado o asesinado, ¡podría haber pasado cualquier cosa! Gracias a Dios que nada de eso ha ocurrido! —Lucca continuó vociferando mientras sacaba ropa del armario—. Alguien tendrá que pagar por esto.

Capítulo cinco

ALGUIEN tendrá que pagar por esto». Con esa amenaza retumbándole en los oídos, Vivien esperó pacientemente en el asiento trasero de la limusina durante el camino hacia el hospital. Marco era responsabilidad suya y ella lo había dejado al cuidado de Bernice. Cada vez que lo imaginaba solito en mitad de la calle sin la protección de un adulto algo se le rompía por dentro. Su adorado hijo podría haber muerto atropellado por culpa de su mal juicio. ¿Pero cómo podría haber imaginado que su hermana sería capaz de mentirle de ese modo? ¿Cómo iba a sospechar que Bernice podía ser tan irresponsable? Lo cierto era que no podía culpar a Lucca de la ferocidad con la que había reaccionado al enterarse.

—¿Por qué no buscaste a alguien que lo cuidara como es debido? —le preguntó de pronto con extrema frialdad.

Con las ansias de llegar junto a su hijo y mitigar todos sus temores, a Vivien le costaba enormemente pensar con claridad.

—Échale la culpa a Jasmine Bailey y a su confesión...

—No, te echo la culpa a ti —replicó Lucca clavándole una mirada como un puñal.

—Rosa, la niñera de Marco, sólo trabaja para mí media jornada —dijo apretando las manos fuertemente—. Y sé que por las tardes no puede venir. Se lo pedí a Bernice porque era la única disponible sin previo aviso, pero Rosa iba a ir para acostar al pequeño. Además, yo no tenía pensado volver tan tarde... pero para ser sincera —añadió con tensión—... no pensé que fuera peligroso dejárselo a Bernice. Confiaba en ella...

—*Inferno!* ¿Cómo pudiste confiar en tu hermana? —le echaban chispas los ojos—. Es demasiado egoísta como para poner las necesidades de un niño por delante de las suyas. No entiendo cómo pudiste confiar en ella.

—Ni por un momento pensé que Bernice fuera capaz de hacer nada que pusiera en peligro a Marco —explicó Vivien con total sinceridad—. Es obvio que me equivoqué y no creo que pueda perdonármelo nunca...

—Yo tampoco podré perdonarlo nunca —dijo él con una amarga sonrisa.

Vivien se estremeció al oír aquello. Era un tormento sentirse culpable por el peligro que había corrido su hijo y por la traición de su hermana; y resultaba insoportable recordar que sólo una hora antes, Lucca le había hecho el amor apasionadamente para después rechazar su amor de la manera más dolorosa y humillante.

Por un momento había llegado a creer ingenuamente que habían entrado en una nueva y prometedora etapa y sólo unos segundos después sus esperanzas habían sido destruidas. En aquel momento, no había un milímetro de Vivien que no estuviera destrozado por la angustia. Jamás se había parado a pensar lo cruel que Lucca podía llegar a ser, había preferido obviar el lado más oscuro de su personalidad. Pero lo cierto era que nunca había sido capaz de ceder o de reconocer sus propios errores, y con la misma determinación, ahora se negaba a perdonar o sentir compasión ante un error humano.

—Una vez yo te perdoné por algo mucho más serio… —le recordó Vivien con voz temblorosa.

—No había hecho nada que requiriera perdón —contraatacó lleno de rencor.

Fue la gota que colmó el vaso de su frágil autocontrol.

—¿Ah, no? Te recuerdo que por mucho que quieras ahora a Marco, cuando me quedé embarazada te comportaste como un adolescente.

Lucca se quedó paralizado unos segundos, sorprendido de que una mujer tan tranquila pudiera ponerse tan beligerante de pronto.

—*Come...?*

—No te atrevas a negarlo —bufó Viven como una gata furiosa.

Pero Lucca no tardó en recuperar la energía.

—No tengo la menor intención de negar que me molestó que decidieras quedarte embarazada a pesar de mi opinión...

—¡Yo no decidí quedarme embarazada!

—Acabábamos de casarnos —continuó haciendo caso omiso a su intervención—. Yo habría querido esperar algunos años y tú lo sabías. Cuando decidiste no tener en cuenta mis deseos...

—¡Déjalo ya! No me estás escuchando y yo no puedo creer lo que oigo. Jamás se me habría ocurrido que pensaras que yo hubiera planeado quedarme embarazada... ¿Por qué no me lo dijiste en su momento?

—Bueno, ya sabes... —murmuró suave como la seda—. Estaba comportándome como un adolescente... intentando madurar por el bien del niño.

—Sigues pensando que puedes hacerte el listo a mi costa —dijo ella roja de rabia—. Mira, no me gusta discutir, pero tengo que defenderme...

—Me muero de impaciencia —la interrumpió con crueldad.

—¿Qué demonios te hizo pensar que yo podía haberme quedado embarazada sabiendo que tú no querías?

—Yo trabajaba mucho y a ti no te gustaba eso, así que supongo que pensaste que el bebé me ataría más a casa —sus brillantes ojos la inspeccionaron en busca de alguna señal que delatara su culpabilidad—. Tú me lo presentaste como un hecho consumado. Estaba muy enfadado, pero no podía decir o hacer nada. Mi honor me obligaba a aceptar que llevabas un hijo mío.

—Por eso empezaste a trabajar más que nunca, prácticamente dejaste de hablarme y decidiste llevar los negocios desde el yate para asegurarte que nos viéramos aún menos —prosiguió Vivien sin dejarse influir por sus palabras—. Parece que el honor no te obligaba a hacer ningún tipo de sacrificio.

—No estoy de acuerdo —se limitó a decir apretando los dientes haciendo que se le marcara bien la mandíbula.

—¡Puedes estar tan en desacuerdo como quieras! —exclamó Vivien con vehemencia—. Pero te aseguro que no te miento, yo no planeé tener a Marco. Para mí también fue un shock descubrir que estaba embarazada.

Lucca continuó mirándola sin aparente reacción.

—Por Dios, yo no soy así —protestó tajantemente—. Ni tuve ningún descuido cuando estaba tomando la píldora anticonceptiva. ¿Por qué no pensaste que existía cierta probabilidad de fallo?

—No recuerdo haber pensado en eso —admitió frunciendo el ceño.

—El médico pensaba que mi embarazo entraba en ese pequeño porcentaje de riesgo. Pero cada vez que trataba de hablarlo contigo, tú te marchabas o te ponías a hablar por teléfono.

—Soy un tipo al que no le gustan las charlas de mujeres —se justificó él.

—Pues a estas alturas deberías saber que yo no soy ninguna embustera —le reprochó por su injusticia—. Me quedé embarazada porque el método anticonceptivo falló y me indigna que pudieras pensar otra cosa.

Para entonces, la limusina estaba llegando al hospital y al verlo, Vivien no tardó ni un segundo en olvidar la conversación que estaban manteniendo; salió del coche tan pronto como pudo y corrió a llenar sus brazos vacíos con su querido hijo.

Ya en el hospital, un policía les informó de que Marco había salido por una puerta trasera de la casa donde se estaba celebrando la fiesta y una vecina había llamado a la policía al ver al pequeño solo en la calle. Para el momento en que Bernice se había dado cuenta de que el niño había desaparecido, la policía ya estaba allí. El niño tenía heridas ocasionadas por una posible caída y estaba muy asustado, por lo que los agentes se habían negado a entregárselo a su tía, que no podía ocultar haber bebido. Así pues lo habían llevado al hospital y habían tratado de ponerse en contacto con su madre, pero como Vivien no había contestado al teléfono móvil habían localizado al padre.

Cuando terminó de oír el horrible relato de los hechos, Vivien se dirigió al encuentro de su hijo; fue entonces cuando Bernice se aproximó a ella:

—¡Supongo que creerás que yo tengo la culpa de toda esta pesadilla!

Aunque no era el saludo adecuado en aquellas circunstancias, Vivien se dio cuenta enseguida de que su hermana tenía los ojos enrojecidos y llenos de preocupación y por supuesto se le ablandó el corazón. Sabía que ya había tenido que soportar la reprimenda de la policía por su descuido y por la cantidad de alcohol que había ingerido estando a cargo de un niño.

—Sólo me gustaría que no me hubieras mentido cuando te llamé.

—Estaba segura de que te enfadarías si te enterabas de que había salido. Sólo fue una mentira piadosa. Si las cosas no hubieran salido mal, jamás te habrías enterado. ¡De verdad no pensé que pasaría nada por llevarme a Marco conmigo! —argumentó Bernice en su defensa—. Estaba de lo más tranquilo, lo puse en una cuna en casa de mi amigo. ¿Cómo iba yo a pensar que saltaría de la cuna?

—Cuando te llamé debiste decirme que necesitabas que volviera para que tú pudieras salir —se lamentó Vivien—. Pero no te culpo.

—Pues yo sí —intervino Lucca agarrando a Vivien del brazo—. Pero no vamos a seguir discutiéndolo ahora. Lo más importante en este momento es que Marco nos necesita.

—Esta noche me quedaré en casa de unos amigos —anunció Bernice y se dio media vuelta con un digno movimiento de cabeza antes de que su hermana pudiera decir nada.

A pesar de los esfuerzos de la enfermera, Marco estaba acurrucado en un rincón de la cuna que le habían proporcionado y no dejaba de llorar. Al oír la voz de su madre, el pequeño se puso en pie y levantó la mirada llena de esperanza. Vivien lo tomó en brazos llorando ella también y trató de apartar de su pensamiento todas las terribles cosas que podían haberle pasado a su niño. Tenía un arañazo en la frente, un pequeño corte en la nariz y un cardenal en la regordeta mejilla. Vivien lo abrazó y lo abrazó sin querer soltarlo jamás.

Una vez recuperada la calma, Marco levantó el rostro con los ojos abiertos de par en par y llenos de sorpresa al encontrar allí también a su papá.

Aquélla fue la primera vez que Vivien vio a su hijo tenderle los brazos a Lucca, pero tan pronto como lo hizo, volvió a cambiar de opinión y se apretó fuerte a su madre echándose a llorar de nuevo.

—No está acostumbrado a vernos juntos —opinó Lucca en voz muy baja—. Está confundido y éste no es momento para disgustarlo.

Vivien se quedó lívida. Su hijo se alteraba al ver juntos a sus padres y ¿de quién era la culpa? Aquel pensamiento se le clavaba en el corazón como un cuchillo. Ella había puesto fin a su matrimonio. Ella era la responsable de que para Marco su padre no fuera más que una visita ocasional. Con los ojos llenos de lágrimas y el alma angustiada, Vivien se prometió en ese mismo instante que pasara lo que pasara, a partir de ese momento haría todo lo que estuviera en su mano para que Lucca compensara todo el tiempo que había perdido con su hijo. Y era una decisión que no debía verse afectada por la negativa de

Lucca a volver con ella; no podía volver a permitir que su orgullo herido interfiriera en la relación de Marco con su padre.

—Vamos a llevarlo a casa —sugirió Lucca con decisión.

Una vez en la limusina, Marco se quedó inmóvil al borde del llanto, aferrándose a la chaqueta de su padre. Aunque estaba agotado, era evidente que se negaba a cerrar los ojos, prefería seguir mirando fijamente a sus padres, como asegurándose de que seguían allí.

—Ha sufrido una experiencia aterradora. Tardará un poco en recuperarse —opinó Lucca hablando con suavidad por la presencia de su hijo, pero con extrema dureza en la mirada.

Vivien evitó sus ojos acusadores sabiendo que ella era la culpable de que con sólo dieciocho meses, su hijo hubiera descubierto que su mundo de seguridades podía volverse aterrador y que su madre no siempre estaba ahí cuando él la necesitaba.

A Lucca no lo impresionó la diminuta casa de campo de Vivien, pero tuvo que reprimir una maldición cuando nada más entrar al jardín cubierto de rosas, notó unos dientes afilados como agujas clavándosele en la pierna. Miró hacia abajo y descubrió una especie de mata de pelo negro que le ladraba sin parar. Se echó hacia atrás tan rápido como pudo, alejándose de su alcance. El perro se tambaleó y cayó al suelo.

—¡Dios! ¡No deberías haberte retirado! —exclamó Vivien preocupada—. Jock estaba apoyado en ti.

—Jock... mi perrito —Marco dio un primer signo de recuperación al deshacerse de los brazos de su madre para ir en busca del perro.

Lucca observó con incredulidad cómo Vivien y su hijo se preocupaban por un chucho.

—Me ha mordido —se disculpó Lucca.

—No puedo creer que haya hecho algo así. ¡Has debido de darle un susto de muerte! —se lamentó Vivien comprobando que el perro estaba bien—. Jock es muy sensible.

—*Dio mio*, ¡no me digas! —exclamó maravillado por la dramática interpretación de la horrible mata de pelo negro.

—Es que había sufrido mucho antes de quedárnoslo nosotros —le explicó Vivien poniéndolo en pie sobre las tres patas—. Alguien lo había abandonado en la carretera y lo atropelló un coche. Desconfía un poco de los hombres, pero quiere mucho a Marco.

El perro lo miró con cara de víctima y después los siguió jovialmente hacia el interior de la casa. Aquél era un hogar diseñado para gente pequeña que no sufriera de claustrofobia, características ambas que no encajaban con Lucca, que allí se sintió agobiado nada más entrar. Mientras Vivien metía a Marco en la cuna que tenía en su dormitorio, él tuvo que quedarse en la puerta. Le indignaba profundamente que Vivien le hubiera negado a su hijo el espacio, el lujo y los juguetes que merecía.

—Tiene miedo de que te vayas —le explicó Vivien al ver que el niño no hacía más que mirar hacia la puerta.

—No voy a moverme hasta que se duerma.

Le resultaba tan raro ver juntos a padre e hijo. Por primera vez era testigo de la fuerte unión que había entre ambos. No entendía cómo había sido tan ingenua de creer que era ella la que disfrutaba de la mejor parte del cariño de su hijo.

Viendo a Marco tenderle la mano a través de los barrotes de la cuna no le quedaba más remedio que aceptar que se había equivocado. Lucca no dudó un segundo en acudir a la llamada del pequeño con una sonrisa de orgullo en los labios. Una vez los tuvo a los dos a su lado, el pequeño no tardó en cerrar los ojos. Vivien podría haberse echado a llorar fácilmente. Estaba presenciando algo que había creído imposible: el lado tierno y protector de Lucca y la más absoluta confianza que demostraba su hijo por él. Los minutos pasaron en silencio, un silencio durante el que Vivien no pudo evitar la tentación de observar a Lucca iluminado por la lamparita de noche.

—Vamos abajo —susurró él cuando el niño estuvo profundamente dormido—. Es tarde pero quiero que hablemos un par de cosas.

Ya en la sala de estar, Vivien cruzó los brazos con nerviosismo antes de disponerse a hablar:

—Sé que piensas que todo lo sucedido es culpa mía y debo decir que tienes razón. Yo tengo la culpa de lo que ha pasado esta noche.

—Agradezco que siempre me evites tener que criticarte, tienes la temeraria tendencia de sentenciarte a ti misma.

—Creo que es bueno asumir la responsabilidad de mis errores —afirmó algo turbada.

—Es encomiable y muy adecuado para la ocasión —sus ojos se encontraron con los de ella—... porque voy a decirte algo que seguramente te dé qué pensar.

Se mantenía increíblemente distante para alguien que sólo unas horas antes había estado en la cama con ella. El inoportuno recuerdo de la pasión compartida la obligó a mirar a otro lado para ocultar los escalofríos que le recorrían la piel.

—Quiero que vuelvas a Londres.

Vivien se quedó helada y en la habitación se hizo un silencio ensordecedor.

—Quiero tener la oportunidad de ser un verdadero padre para mi hijo —la informó Lucca con una claridad que transmitía su determinación—. Pero no puedo hacerlo si estamos tan separados. Me gustaría ver a Marco siempre que quiera y que sea mucho más a menudo que hasta ahora. No quiero que el tiempo que paso con él sea siempre una ocasión especial, necesito compartir con él el día a día. Y preferiría dejar a los abogados al margen de todo esto porque me parece que tú y yo podemos solucionarlo de un modo mucho más informal y cordial.

Vivien trató de analizar sus palabras y de comprender el verdadero significado. ¿Estaría pidiéndole que viviera con él? No, no, no podía pensar eso. Las ansias la traicionaban, pero sabía que Lucca no le estaba proponiendo que se reconciliasen. Su único interés era Marco y normalizar su relación padre hijo. Aunque eso que había dicho de hacerlo todo de un modo informal y cordial la había despistado y había desencadenado multitud de fantasías.

—Es que... mudarnos a Londres... —

murmuró con aire vacilante, dándose tiempo para pensar.

—Estoy seguro de que cualquier universidad mataría por tenerte entre su personal docente, aunque también podrías dedicar un tiempo a investigar. Yo me encargaría de todo —le sugirió observándola detenidamente—. Sé lo que detestas este tipo de trastornos. Obviamente puedes conservar esta casa y alquilarla y yo me encargaría de todos los gastos que tuvieras en Londres...

—No, eso no sería necesario...

—Insisto. Yo no puedo permitirme mudarme, pero no quiero que sufras ningún tipo de inconveniente por mi culpa. En cualquier caso... —sus ojos oscuros se detuvieron en la expresión perturbada de su rostro—... ahora que nos entendemos mejor, estoy seguro de que puedo hablar sin miedo de lo que supone para mí no ver a mi hijo.

—Puedes decir todo lo que quieras —aseguró Vivien aceptando la pulla, aunque no entendía de dónde habría sacado la idea de que ahora lo entendía mejor que antes.

—Esta casa me parece inaceptable para mi hijo.

—¿Qué tiene de malo esta casa? —preguntó ofendida.

—Me niego a que mi hijo crezca en una casucha.

—¡Por amor de Dios, esto no es ninguna casucha!

—Lo es en mi opinión. Le estás negando a Marco todo lo que merece. Él es un Saracino —afirmó orgulloso—. Viene de un linaje de renombre e incluso a su edad debería poder disfrutar de los privilegios de tal nombre.

«¿Una casucha?» Vivien tragó saliva, había estado a punto de darle una contestación de acuerdo a tal definición; afortunadamente su mente nunca le permitía tan espontáneas salidas de tono. Era cierto que Marco era hijo de un hombre muy rico y comparado con tal riqueza, su casa era definitivamente humilde. Por primera vez se veía obligada a cuestionarse si estaba siendo justa con su pequeño. Quizá no debería haber permitido que su decisión de ser independiente afectara la comodidad del niño. Quizá había sido una egoísta al negarle a Marco los lujos que le daba su nombre. El caso era que se estaba dando cuenta de cuánto habían afectado a Lucca sus decisiones.

—Desde luego me estás dando mucho en qué pensar —admitió con sinceridad.

—Eso espero. Estar separado de mi hijo me ha hecho mucho daño —admitió él sin dudarlo—. Me he visto excluido de gran parte de su vida y quiero que eso cambie. ¿Estás dispuesta a ayudarme?

Le retumbaba la cabeza por la presión de tener que tomar una decisión sin haber elaborado bien ningún pensamiento.

—Necesito pensarlo.

—Desgraciadamente, me parece que no estoy dispuesto a ser muy paciente. Sé que no te gusta que te obliguen a tomar decisiones, pero creo que tengo derecho a ser un poco egoísta y a poner las necesidades de Marco por encima de cualquier otra cosa.

—Pensar en las necesidades de Marco no es ser egoísta —se apresuró ella a asegurar.

—Si realmente crees eso, deberías darle la oportunidad de vivir con comodidad y de tener cerca tanto a su madre como a su padre —arguyó Lucca con ecuanimidad.

—Ojalá fuera tan sencillo...

—Es que lo es. Relájate y deja que otros se encarguen de lo complicado, *cara*.

Su voz sexy vibró dentro de ella y como siempre que Lucca hablaba en ese tono suave y sensual, Vivien se sintió confundida y débil. Sólo el dolor vivido en las últimas horas la frenaban a tomar una decisión demasiado precipitada. Ella lo amaba, pero él a ella no. Lo que era más, probablemente se había acostado con ella únicamente para demostrarle cuánto la despreciaba. Esa sospecha era suficiente para hacerla pensar; aunque también era consciente de que Lucca podía llegar a ser cruel y despiadado. Se sabía responsable de muchas cosas, pero no sabía si eso era motivo suficiente para abandonar todo lo que había conseguido en los últimos dos años. En su campo de estudio no resultaba muy fácil cambiar de trabajo y menos encontrar un puesto como el que ella tenía. Por otra parte la oportunidad de pasar más tiempo con Marco antes de que se hiciera mayor era algo que merecía la pena pararse a pensar.

—Tiene que haber una alternativa —musitó Vivien sabiendo que no podía aspirar a tener una relación más cordial con Lucca y sospechando que seguramente mantenerse alejada de él era la única manera de evitar que volviera a romperle el corazón. Al fin y al cabo él sólo quería sexo, como le había dejado muy claro, y eso era algo que podía obtener fácilmente y sin duda con alguien mucho más excitante que ella.

¿Hasta qué punto podía llegar su desdén hacia ella? Un hombre increíblemente guapo que tenía junto a él a la mujer más bella del mundo y que sin embargo había elegido volver a acostarse con su esposa.

—No hay otra alternativa —aseguró Lucca pesarosamente mientras estudiaba la pureza que reflejaba su rostro pensativo. Su delicadeza y su aspecto vulnerable eran la esencia misma de la femineidad y sin embargo había sido fría y dura como el hielo cuando lo había abandonado. No, de ningún modo estaba dispuesto a suplicarle pasar tiempo con el hijo que prácticamente le había arrebatado. O cedía un poco o lucharía contra ella con uñas y dientes.

Vivien no estaba escuchando. En ese instante estaba asumiendo con tristeza e incluso vergüenza que Lucca tenía motivos para rechazar el amor que ella le ofrecía.

—Si decides no satisfacer mi necesidad de ver a mi hijo, llevaré el caso a los tribunales.

Aquella amenaza la sacó de golpe de su ensimismamiento.

—¿A los tribunales? No puedes decirlo en serio.

Lucca le devolvió la mirada sin pestañear siquiera, lanzándole la fuerza de sus oscuros e intensos ojos que la hacían estremecer.

—En lo que se refiere a Marco, llevo ya demasiado tiempo en inferioridad de condiciones. Parece que has dado por hecho que el niño debe vivir contigo y no conmigo.

—No... ¡yo no he hecho nada de eso! —estaba furiosa por su suspicacia. Lo cierto era que nunca había considerado siquiera la posibilidad de que el pequeño viviera lejos de ella.

—Ya no tengo la sórdida historia de

Jasmine Bailey jugando en mi contra —siguió argumentando él reconociendo la mentira implícita en la negativa de Vivien—. ¿Por qué te resulta tan difícil pensar que soy un padre con derecho a disfrutar de la custodia de su hijo? ¿Cómo crees que me he sentido cuando me he enterado de que Marco había estado solo en la calle?

—Supongo que te has sentido tan aterrado como yo —dijo ella cruzando los brazos a modo de escudo.

—Pues te equivocas. Lo que he sentido ha sido verdadera furia contra ti. ¡Confiaste el bienestar de la persona que más quiero en el mundo a Bernice, la mujer más irresponsable que conozco! —le echó en cara con ferocidad—. Marco podría haber muerto y estoy dispuesto a llevar lo ocurrido esta noche ante un juez que decida quién debe encargarse de cuidar a un niño vulnerable.

—No es necesario que me amenaces —respondió Vivien con un hilo de voz.

—*Dannazione!* Claro que es necesario. Mi hijo nació hace sólo dieciocho meses y ya desde ese momento no he tenido más que un papel secundario en su vida. ¡Por Dios! Si tardé dos días en enterarme siquiera de que había nacido. ¿Tienes la menor idea de cómo me hizo sentir eso? Una y otra vez mis razonables peticiones de verlo fueron rechazadas con las excusas más peregrinas.

Con el dolor más profundo de su corazón, Vivien admitió ante sí misma que aquellas acusaciones no eran más que la verdad. Ella siempre había temido los sábados en los que la niñera se llevaba a su bebé para que pasara unas horas con Lucca. Había odiado el momento de separarse de su hijo, era como si se lo arrebatasen cruelmente y el tiempo que había pasado sin él, no había dejado nunca de atormentarle porque le costaba mucho imaginar al mujeriego de Lucca como un padre cariñoso.

La magnitud del descubrimiento la dejó petrificada. Había intentando castigar a Lucca restringiéndole el acceso a la vida de su hijo, y lo había hecho sin ser consciente de la gravedad de sus acciones.

—No sabes cuánto lo siento… —le dijo de pronto con los ojos llenos de arrepentimiento y dolor.

—Entonces no me hagas perder el tiempo y no me obligues a luchar por la custodia de Marco.

Aquel aviso iba muy en serio. Lucca estaba dispuesto a luchar por Marco y probablemente ella llevaría las de perder.

—Es obvio que eso no es lo que quiero —murmuró tensamente—. Estoy dispuesta a ceder. ¿Qué quieres exactamente de mí?

Una fría sonrisa triunfadora apareció en sus labios. Su rostro era muy bello pero al mismo tiempo muy duro.

—Una compensación.

Capítulo seis

DOS días después, Vivien estaba en su dormitorio terminando de vestirse y pensando lo vacío que se había quedado sin las cosas de Marco. Los camiones de mudanza sólo se habían llevado lo esencial ya que Lucca había prometido darles un alojamiento ya amueblado, cosa que Bernice había agradecido pues iba a quedarse en la casa.

Tras la amenaza de luchar legalmente por la custodia de Marco, Vivien había tenido que tomar la decisión de hacer lo que le pedía. Además, se había quedado destrozada al imaginar la posibilidad de que usara lo ocurrido la noche anterior para demostrar que no era una madre apta.

Lo cierto era que con Lucca jamás había existido el término medio; era con él o contra él. Al mismo tiempo que para aquéllos que eran importantes para él era el mejor de los amigos, alguien dispuesto a cualquier cosa con tal de ayudar en un momento de adversidad, Lucca podía ser también el enemigo más implacable. En otro tiempo ella había disfrutado de una posición privilegiada en su mundo, pero eso ya no era así porque ella misma había renunciado a ello.

Vivien no sospechaba siquiera hasta qué punto la ira que Lucca sentía hacia ella se había trasladado al terreno sexual en el apasionado encuentro que habían mantenido. Le resultaba imposible creer que la hubiera encontrado irresistible. Claro que Lucca nunca había sido una persona predecible o fácil de comprender. De un manera humillante, había descrito lo que habían compartido como sexo. ¿Sería eso realmente lo que sentía... o lo que prefería creer que sentía? ¿Acaso no era posible que esa pasión pudiera desencadenar algo más serio? ¿Quizá un nuevo comienzo?

Con un estremecimiento provocado por la culpabilidad de no querer abandonar su más preciado sueño, Vivien desechó tan peligrosos pensamientos. Estaba a punto de trasladarse a Londres por el bien de Lucca y del niño, pues sabía que sí le debía algún tipo de compensación por el daño que su ruptura había ocasionado en la relación con su hijo. Pero al mismo tiempo tenía que admitir que las palabras «informal y cordial» seguían resonando en su cabeza, dándole esperanzas. De un modo u otro, Lucca iba a volver a formar parte de su vida; podría verlo y hablar con él a menudo y quizá con el tiempo las diferencias que había entre ellos podrían ir desapareciendo.

Tratándose de Lucca Saracino, Vivien sería tan paciente como hiciera falta, pues lo amaba lo bastante como para realizar cualquier esfuerzo. Lo único que deseaba era una oportunidad para hacer bien las cosas, pensó con los ojos llenos de lágrimas mientras bajaba las escaleras.

—¿Entonces vas a seguir adelante con todo esto? —le preguntó Bernice saliendo de la cocina con una copa de vino en la mano—. No puedo creer que vayas a permitir que vuelva a tratarte como una tonta —continuó indignada al ver que su hermana asentía—. ¡Lucca Saracino te maneja como a una marioneta y tú haces todo lo que él quiere!

—No es así —contestó Vivien suavemente emocionada por lo que creía un exceso de preocupación por parte de su hermana, pero esperando que se calmara y tratara de comprenderla—. Lucca quiere ver más a Marco y merece una oportunidad. El niño está muy unido a él; verlos juntos me hizo darme cuenta de que Lucca es tan importante para Marco como yo.

—¿Y por eso has dejado tu empleo y te vas a mudar a Londres? —le preguntó Bernice con un gesto de desdeñosa incredulidad—. Sólo por razones altruistas, ¿verdad?

—Quizá esté tratando de compensarle por todos los errores que he cometido —se excusó Vivien ostensiblemente ruborizada.

—¿Por qué no admites la verdad? Sigues enamorada de Lucca y estás siendo tan complaciente con él porque tienes la esperanza de que quizá así vuelva a aceptarte.

—Bueno, si eso es cierto —replicó con cierta brusquedad—, es problema mío, no tuyo.

—¿No te da vergüenza? —continuó Bernice sorprendida por la desafiante respuesta, algo nada usual en su hermana—. ¿Es que no tienes orgullo?

Vivien consideró aquellas dos preguntas. La vergüenza y el orgullo habían sido determinantes en su decisión de abandonar a Lucca dos años antes. En aquella ocasión había hecho caso a su hermana, que seguramente había creído que si no intervenía, Vivien acabaría perdonando las infidelidades de su marido. Sin embargo ahora sabía que ella tampoco era la pobre víctima inocente que se había creído en otro tiempo. Probablemente no había sido el marido perfecto, pero con él ella había sido increíblemente feliz y sin él muy desgraciada.

—¡Ese necio petulante debe de estar pasándoselo en grande con todo esto!

Vivien levantó la mirada con un gesto de reproche.

—¿Por qué odias tanto a Lucca?

En el rostro de Bernice apareció un rubor muy poco habitual en ella.

—Simplemente no me gusta cómo te trata... ya lo sabes.

Pero a Vivien seguía desconcertándola la animosidad de su hermana.

—¿Pero por qué eres tan hostil con él?

—Probablemente yo sepa un par de cosas que te dejarían de piedra —le explicó después de un largo silencio.

—¿Qué cosas?

No le dio tiempo a contestar, el timbre de la puerta anunció que la limusina había llegado. Sin embargo Vivien no se inmutó, siguió mirando a Bernice esperando una respuesta.

—¿A qué cosas te referías? —le dijo de nuevo.

—Vamos, no seas tonta, estaba bromeando —aseguró Bernice abriéndole la puerta al chófer—. ¿Por qué te tomarás todo tan en serio?

Incluso en la limusina, Vivien no podía dejar de pensar en el diálogo que había mantenido con su hermana. Probablemente Bernice sabía cosas sobre Lucca que ella no supiera. Antes de verse obligada a cerrar, la boutique de su hermana había estado muy de moda y sus clientes la habían invitado a importantes fiestas donde quizá ella había oído rumores sobre su marido. Sin embargo Vivien había aprendido últimamente que no se podía confiar en ese tipo de informaciones.

A su llegada a Londres descubrió que lo que había sido descrito como un alojamiento amueblado era en realidad una lujosa casa situada en uno de los barrios residenciales más exclusivos de la ciudad. Todas las habitaciones estaban tan elegantemente preparadas para su inmediata ocupación, que Vivien tenía la sensación de que en cualquier momento aparecerían los verdaderos dueños y le preguntarían qué estaba haciendo allí. Pero eran sus libros los que estaban en las estanterías y su ropa la que llenaba los armarios. Después de aullar durante todo el viaje, Jock salió de su cesta y comenzó a corretear arriba y abajo sin dejar de mover el rabo.

Entonces sonó el teléfono y Vivien se quedó paralizada sin saber qué hacer, después de unos segundos decidió contestar.

—Dame tu opinión con total sinceridad —le pidió Lucca al otro lado.

Su voz sedosa y oscura le provocó un fuerte escalofrío que la hizo agarrar el teléfono como una especie de talismán.

—Es una casa preciosa... pero mucho más grande y lujosa de lo que esperaba.

—De vez en cuando irán empleados a

encargarse de que todo esté en orden.

—Eso es una tremenda extravagancia. Yo puedo encargarme perfectamente —le aseguró ella.

Al otro lado de la línea, Lucca hizo una mueca. De pronto recordó la etapa vivida tras la luna de miel cuando Vivien se había empeñado en que ella era perfectamente capaz de manejar la casa sola. Su lujosa comodidad se había convertido en un verdadero caos donde la alarma antiincendios había actuado de temporizador del horno y el refrigerador estaba vacío o lleno de comida estropeada.

—Me temo que no tienes elección —la informó tajantemente—. ¿A qué hora se baña Marco?

—A las siete...

—Allí estaré, *cara*.

Lucca dejó el teléfono con un sentimiento de intensa satisfacción. Marco estaba en Londres... y Vivien también. No podía conseguir al uno sin el otro, razonó perezosamente. Una malévola sonrisa se asomó a su rostro. Todo estaba saliendo según lo planeado, por supuesto. Por algo había nacido tan taimado. Los planes bien ideados siempre funcionaban.

Vivien tenía previsto ponerse algo un poco más favorecedor antes de que llegara Lucca; primero hizo una selección previa para después entre eso intentar encontrar algo que le quedara bien, pero que no hiciera sospechar a Lucca que había hecho algún tipo de esfuerzo por impresionarlo. Sin embargo no llegó a tener la oportunidad de cambiarse.

Un pequeño incidente con la tostada de la merienda de Marco se convirtió en una auténtica crisis. Cuando el pequeño dejó caer el pan al suelo y vio cómo Jock se lo arrebataba, él también se tiró al suelo y rompió a llorar y patalear con la rabia que acostumbraba. Vivien hizo el pino con la esperanza de distraerlo y hacerle olvidar la rabieta.

Lucca abrió la puerta con sus propias llaves y con la imagen en la cabeza de lo que habría sido su vida familiar de no haber sido por el absurdo abandono de Vivien. Una esposa elegante y un niño adorable que lo recibirían todos los días al llegar del trabajo. Pero lo que lo recibió fue un ladrido ensordecedor y un llanto de niño no menos estruendoso. Aunque lo que lo dejó definitivamente boquiabierto fue la visión de Marco pataleando en el suelo y Vivien caminando sobre las manos alrededor del niño al tiempo que le pedía que dejara de gritar.

—¡Marco... ya está bien! —ordenó Lucca autoritariamente.

En el pequeño intervalo entre un grito y el siguiente, Marco miró a su padre con los ojos abiertos de par en par y se quedó petrificado. Jock, que acababa de soltar la tostada de pan, se disponía a clavarle los dientes a la suculenta pierna de Lucca.

—¡No, Jock! —gritó Lucca paralizando también al chucho, para el que aquello fue una tremenda ofensa a su orgullo y que lo hizo huir como un rey destronado.

Vivien fue la última en percatarse de la presencia de Lucca y cuando lo hizo, se asustó tanto que chocó contra una silla perdiendo el equilibrio. Lucca agarró la silla para que no la golpeara una vez en el suelo y después la ayudó a ponerse de nuevo en pie.

—¡Dios mío! ¡Llegas pronto! —acusó Vivien con una consternación que no podía ocultar.

Trató de atusarse un poco el pelo, pero en cuanto miró a Lucca cara a cara sus manos cayeron muertas. Estaba impresionante con aquel traje negro de raya diplomática, así que no era culpa suya si no podía apartar los ojos de él. Después de todo, estaba acostumbrado a provocar esa reacción en las mujeres con la energía que manaba de él. El oscuro atractivo de sus profundos ojos hizo que el corazón comenzara a botarle dentro del pecho como una pelota de goma. Aquel hombre era puro sexo.

—Son más de las siete —informó Lucca—. ¿Hay alguna razón determinada para que estuvieras haciendo el pino?

—¿Es que no te has dado cuenta de para qué lo hacía? —preguntó aparentemente sorprendida.

—Debo de ser un poco duro de mollera.

—Es muy sencillo y normalmente efectivo —aseguró con entusiasmo—. Cuando Marco se enfada, intento distraerlo.

—Has inventado un innovador enfoque de la disciplina —opinó lleno de sarcasmo.

El rubor de sus mejillas no hacía más que resaltar el verde marino de sus ojos y sus labios carnosos parecían una invitación para un hombre que siempre había sentido debilidad por aquella boca. Se había quedado mirándolo muy recta y tenía la respiración acelerada, lo que hacía que sus firmes pechos subieran y bajaran apretando los pezones contra la fina camiseta que llevaba. Antes de que pudiera evitarlo, Lucca se sintió atrapado por el deseo; trató de luchar contra la reacción de su cuerpo porque había planeado tomarse las cosas con calma en esa primera visita. Pero no tardó en cambiar de opinión y optar por vivir el momento. Como si tuviera vida propia, su mano se aproximó a la cintura de Vivien y se acomodó en el hueco que quedaba bajo la camiseta.

—No me gusta enfrentarme a Marco… si eso es a lo que te refieres —farfulló ella con nerviosismo intentando no dejarse llevar por la tensión sexual que reinaba de pronto en el ambiente.

—Sigues empeñándote en hablar en los peores momentos —dijo él en un susurro de reprobación.

—Mientras que tú no hablas nunca —replicó ella.

—Abre la boca para mí, *gioia mia*.

Notaba sus dedos en la cintura, pero cuando la otra mano comenzó a acariciarle la espalda por debajo de la camiseta, Vivien pensó que iba a derretirse allí mismo, y más aún cuando la apretó contra él. Un escalofrío de excitación desencadenó una oleada de calor en todo su cuerpo. Lucca bajó la boca hasta la de ella y una vez allí, su lengua abrió un camino de deseo en el húmedo interior. Le temblaban las rodillas y de su garganta surgió un gemido que hizo que él la apretara aún más fuerte. Vivien tuvo que agarrarse a él consciente de la poderosa evidencia de su excitación masculina.

—Me propongo dar placer y siempre lo consigo… —susurró él como promesa de los placeres que aún estaban por llegar.

Pero entonces una manita se agarró a la pierna de Lucca. Allí estaba Marco, cuya presencia ambos habían olvidado por completo.

—No hay duda de que es un Saracino… no puede soportar que no le hagan caso —comentó Lucca orgulloso al tiempo que se agachaba para agarrar al pequeño—. Pero es de lo más inoportuno.

Vivien se quedó desorientada al sentir la separación de sus cuerpos. Un segundo después se moría de vergüenza por haber vuelto a abandonarse en sus brazos. Aquel beso había encendido dentro de ella algo parecido a fuegos artificiales. Lucca debía de pensar que estaba desesperada. Tenía que seguir actuando de la manera más natural y cordial posible y dejar de declararle su amor como había hecho dos días antes. Había sido tan ingenua… sobre todo con un hombre que en otro tiempo le había confesado estar programado para aprovecharse de la ingenuidad de la gente. Y ella precisamente había desoído tan clara advertencia.

—Es hora de bañarse —anunció sin mirar siquiera a Lucca y dirigiéndose al piso de arriba.

—Sé que bañar al niño es algo cotidiano —comentó él tratando de deshacerse de la reciente excitación—, pero para mí es tan extraño estar aquí con vosotros dos.

—Intenta hacerlo siete días a la semana y

vas a ver como deja de resultarte extraño —le recomendó Vivien con una tímida risilla.

—¿Cuántas veces a la semana puedo esperar que me dejes venir?

Vivien percibió la ironía de sus palabras.

—Tantas veces como quieras —contestó fingiendo que no le había hecho daño—. No voy a separarte más de Marco... Sé que ya te has perdido muchas cosas de su vida y quiero compensarte por ello.

—Es muy generoso por tu parte —reconoció mientras se preguntaba si no sería una treta para persuadirlo de que volviera con ella.

—Quiero que sepas que cuando ponía excusas para que no lo vieras, no lo hacía de manera deliberada. Te lo prometo... Es que me resultaba muy difícil separarme de Marco, aunque sólo fuera por unas horas —confesó a toda prisa—. Pero de verdad no me di cuenta de lo injusta que estaba siendo contigo hasta que tú me hiciste pensar en ello el otro día.

—¿Y qué se supone que debo hacer yo a cambio de esto?

—Nada... nada, de verdad —repitió ofendida por la cínica mirada de desconfianza que adiviné en sus ojos.

—Déjame que lo haga yo —le pidió cuando ella hubo terminado de desvestir a Marco.

—Pero te va a empapar —avisó Vivien sorprendida de que quisiera implicarse tanto.

—No importa.

Al ver la soltura con la que Lucca comprobaba la temperatura del agua antes de meter al niño, Vivien pensó que no era necesario avisarle de que Marco era escurridizo como una anguila.

—Parece que ya has hecho esto alguna vez.

—Sí. Con los hijos de mi prima Paola —admitió con una timidez increíble en él.

—Jamás habría imaginado que te interesaran tanto los niños.

—Y no me interesaban hasta que nació Marco —le lanzó una mirada a través de aquellas exuberantes pestañas negras que se le estremeció el corazón—. A veces cuando no podía verlo, me iba a ver a la familia de mi prima.

Se le hizo un nudo en la garganta. Afortunadamente, Marco eligió ese preciso instante para empezar a chapotear y jugar con los barquitos y peces de goma.

—¿Quieres que me vaya? —preguntó Vivien algo incómoda al pensar que su presencia no era necesaria.

—*Perché?* Por qué? —dijo él tranquilamente—. Ahora mismo, Marco está encantado de que lo compartamos en lugar de pelear por él. Será mejor que no le hagamos afrontar demasiados cambios al mismo tiempo.

A diferencia de Vivien, Lucca parecía encontrar la diversión de abordar los barcos de juguete con los pececitos y Marco agradecía enormemente aquella participación a la que no estaba acostumbrado con su madre. Por su parte Vivien estaba fascinada de ver a Lucca en esa nueva faceta que le hacía reír a carcajadas con una espontaneidad que ella nunca había presenciado.

—Es fantástico… —comentó Lucca emocionado al ver cómo su hijo le tendía los brazos para sacarlo del agua.

—Eso creo yo también —asintió Vivien con el corazón en un puño ante tan sincera emoción.

—Si llego a saber lo divertido que era ser padre, habrías llegado embarazada al altar.

—¿En serio? —preguntó ella sonrojada al tiempo que pensaba que si él hubiera dicho algo así cuando estaba esperando a Marco, quizá jamás lo habría abandonado. Pero no lo dijo porque en ese momento le parecía más importante que Lucca demostrara el amor que sentía por su hijo sin avergonzarse. Estaba descubriendo una ternura en Lucca que él nunca le había permitido ver.

—Has hecho un trabajo estupendo con él.

Vivien no estaba preparada para tal alabanza, sobre todo procedente de un hombre que siempre estaba más dispuesto a criticar, por lo que se ruborizó como una chiquilla. Se había quedado mirándolo en tal estado de ensimismamiento que tardó varios segundos en darse cuenta de que el molesto ruido que se oía al fondo era el timbre de la puerta.

—Vaya... debería ir a ver quién es —dijo por fin saliendo del baño y tropezándose con un taburete.

Bajó las escaleras sin apartar a Lucca de sus pensamientos. Parecía que el rencor había remitido ligeramente. ¿No demostraba eso que había acertado volviendo a Londres? Estaba recompensándola por su generosidad y parecía que ya no había motivos para pelearse. Con una radiante sonrisa en los labios abrió la puerta de la calle.

—Fabian... Dios mío, no te esperaba.

—El billete de tren me ha costado una pequeña fortuna —dijo subiéndose las gafas con cierto aire de irritación—. Y encima he tenido que venir de pie.

—Vaya, qué mala suerte —lo consoló Vivien todavía sorprendida con la visita de su amigo y reparando al mismo tiempo en el aspecto aún más académico que le daban aquellas gafas de montura de metal y el pelo canoso—. ¿Recibiste mi carta?

Fabian había estado dos días en un congreso que se había celebrado en Hamburgo, por lo que no había podido explicarle personalmente su decisión de volver a Londres. Como contárselo por teléfono le parecía de mal gusto y sólo utilizaba el correo electrónico para cuestiones de trabajo, había optado por dejarle una carta en el buzón de su despacho.

—¿Cómo si no iba a saber dónde estabas? He venido en cuanto la he leído. Creo que te has precipitado —opinó en tono reprobatorio.

A Vivien siempre le molestaba enormemente que la tratara como a una niña, pero también sabía que era el modo en el que hablaba a casi todo el mundo.

—En las presentes circunstancias tampoco tenía muchas más alternativas.

—Me hubiera gustado que me llamaras para hablarlo conmigo antes de tomar ninguna decisión —se quejó Fabian en tono algo cortante—. Me parece admirable que quisieras tener una relación más civilizada con el padre de Marco y permitirle que viera más al niño, pero debes de ser sensata y pensar también en tu futuro.

—Me temo que no era posible hacerlo todo; las cosas son un poco más complicadas de lo que parecen —añadió con incomodidad pues, aunque consideraba a Fabian como a un buen amigo, jamás le había contado nada realmente íntimo sobre su relación con Lucca.

—No lo dudo. Pero debes de recordar que estás prácticamente divorciada —parecía cada vez más irritado y Vivien estaba perpleja con su actitud.

—Estaré divorciada cuando lo diga el juez.

—Ya veo que todavía tienes que sacarte a Lucca de la cabeza —dedujo apretando los labios y sonriendo después al ver la sorpresa reflejada en el rostro de Vivien—. No soy tonto, querida. Y tampoco estoy celoso. Soy un tipo muy pragmático. Antes de todo esto nuestra amistad estaba entrando en una nueva etapa y yo tenía planeado pedirte que te casaras conmigo una vez fueras libre. Sin embargo los últimos acontecimientos han cambiado mucho las cosas.

Vivien se quedó estupefacta ante tan tranquila declaración de intenciones pues jamás habías sospechado que su amigo sintiera nada parecido por ella.

—Fabian… no sé qué decir. Yo no…

—No, no tienes por qué darme una respuesta ahora —decretó él con impaciencia—. Sólo quería que supieras que la opción sigue ahí para el futuro. Siento un enorme respeto y cariño por ti y trabajamos muy bien juntos. No sé mucho de niños, pero haría todo lo posible por ser un buen padrastro para tu hijo.

Se le hizo un nudo en la garganta.

—¿Cuánto tiempo hace que estás enamorado de mí? —preguntó en tono de disculpa.

—¡Por Dios, no! No me he dejado llevar hasta ese punto —Fabian se rió ante tal idea—. Soy algo más sensato.

—Entonces... —farfulló confundida—. ¿Por qué querías pedirme que me casara contigo?

—Tu compañía me resulta muy agradable. No eres exigente y sí muy inteligente —señaló con un primer indicio de entusiasmo. A mamá también le gustas, eso no quiere decir que si no le gustaras no te pediría matrimonio, pero habría sido más complicado.

La emoción había desaparecido por completo. Parecía que incluso su cerebro resultaba más atractivo que el resto de ella. Claro que no la amaba, nadie la había amado de verdad excepto Marco. Al menos Fabian era sincero. De hecho era perfectamente posible que, a su modo prosaico y carente de pasión, sintiera más por ella de lo que jamás había sentido Lucca.

—Me alegro de gustar a tu madre —masculló Vivien.

—Tiene muy buen gusto —respondió él mirando al reloj—. Me temo que no puedo quedarme más, he prometido visitar a un amigo. Te llamaré y espero que en su momento puedas responder a mi proposición.

Mientras lo acompañaba hasta la puerta, Vivien se preguntaba si debía darle las gracias ya que le parecía horrible no decir nada, pero entonces se oyó diciendo algo muy diferente:

—Verás, es que... ahora está aquí Lucca. Está arriba con Marco.

—Me parece que te equivocas... —dijo Fabian con sequedad mirando al tipo alto y moreno que acababa de aparecer en el vestíbulo.

—¿Dónde está Marco? —preguntó Vivien con la mayor normalidad de la que era capaz.

—En su cuna completamente dormido —Lucca no apartaba la mirada de Fabian, no resultaba tan feo para ser tan bajito, tan delgado y tan mayor—. Usted debe de ser Fabian...

—Garsdale, sí —confirmó tendiéndole la mano.

—¿Tiene que marcharse tan pronto? —murmuró Lucca y el silencio que se formó parecía adquirir una fuerza destructiva.

—Me temo que sí, tengo otra cita a la que debo acudir.

—¿A qué ha venido? —indagó Lucca en cuanto hubo cerrado la puerta tras él.

Vivien se quedó inmóvil unos segundos, el brillo de sus ojos fue arrastrando la tristeza.

—A decirme que quería casarse conmigo —admitió con calma.

—Vaya —reaccionó sin la menor impresión.

Vivien notó cómo la rabia se apoderaba de ella como un terremoto.

—¿Tan difícil te resulta creer que haya otro hombre que pueda apreciarme lo bastante como para pedirme que me convierta en su esposa?

Capítulo siete

NO, no me resulta nada difícil creer que alguien te pida que te cases con él —dijo arrastrando las palabras suavemente—. Yo también lo hice una vez.

Sus palabras despertaron el doloroso recuerdo de uno de los días más felices de su vida, pero también la hicieron pensar en lo que habían cambiado las cosas desde entonces. Habían pasado tres años desde que Lucca la había llevado a Francia a ver una carrera de caballos en Longchamp. Después había acompañado su proposición de matrimonio de champán, fresas y un precioso anillo de diamantes. En aquel momento había sentido tal felicidad que se había echado a llorar.

—Seguro que desearías no haberlo hecho.

—Jamás desearía algo que significaría no tener a Marco...

—Cuando yo estaba embarazada no pensabas igual.

—Me niego a morder el anzuelo. Los dos cometimos errores...

—¿Es que ni siquiera ahora puedes admitir haberte equivocado? —le echó en cara con rabia.

Lucca apretó los labios.

—Concentrémonos en el profesor Garsdale. ¿En serio te ha pedido que te cases con él? —le preguntó como si fuera lo más extraño y cómico que había oído en su vida.

—No entiendo qué es lo que te divierte tanto —respondió ella con la cabeza bien alta.

—¿Te parece que me estoy divirtiendo? —el reflejo dorado de sus ojos era tan brillante como una llama—. Me has malinterpretado. Lo que ocurre es que me asombra el valor de Garsdale y me sorprende que no lo hayas echado de la casa. ¿O es que ése es el motivo por el que se ha ido?

—Para la mayoría de las mujeres una proposición de matrimonio es un verdadero halago. No sé por qué motivo iba a querer echar a Fabian de la casa.

—Debes de ser muy obtusa.

—No lo creo. Estás siendo muy grosero —Vivien podía oírse hablar cada vez más alto a pesar de su intención de no responder a provocación alguna—. Fabian es una persona muy respetada en el mundo académico y es un buen amigo.

—También resulta que es lo bastante mayor como para ser tu padre. Probablemente hayas llegado a la conclusión de que es demasiado apasionante para ti —murmuró Lucca en un tono increíblemente sensual—. Pero elegir un ataúd doble parece demasiado prematuro para una mujer de veintisiete años.

—Supongo que te creerás muy listo por divertirte a costa de Fabian —Vivien tenía un nudo de rabia en la garganta.

—¿No te resulta extraño que el profesor te haya dejado aquí, sola conmigo sin inmutarse?

—Fabian es demasiado maduro para rebajarse a comportarse de otro modo.

Lucca soltó una desagradable carcajada.

—¿Estás segura de eso? Yo habría dicho que su marcha tenía más que ver con el instinto de supervivencia. Seguramente no quería provocar una escena ni hacerme enfadar.

El enfado de Vivien seguía aumentando.

—No tienes derecho a insinuar que Fabian es un cobarde.

—Vamos, Vivi, no te burles de mí. ¡Tú ni siquiera considerarías la posibilidad de casarte con un tipo así después de mí!

—¿Ah, no? —ese diminutivo tuvo el mismo efecto que la sal en una herida abierta. En otro tiempo había sido un apelativo cariñoso, ahora no era más que un recordatorio de todo lo que había perdido. Sinceramente, no sabía qué le había hecho cometer la indiscreción de contarle a Lucca lo sucedido con Fabian, pero ahora que ya lo había hecho, defendería a su amigo hasta la muerte. Los ofensivos comentarios de Lucca no hacían más que añadir amargura a unos sentimientos que podían descontrolarse en cualquier momento.

—No, tú no te casarías con él —respondió con arrogancia—. Te mereces mucho más que un hombre del que yo pueda reírme.

—¡No sabes qué equivocado estás con Fabian! —Vivien le lanzó una mirada de desprecio aunque al mismo tiempo estaba preguntándose por qué estaba tan enfadada con él—. No creo que él pudiera hacerme tan infeliz como me hiciste tú...

Lucca enarcó una ceja que cuestionaba tal opinión.

—Lo dudo mucho. Tú estás llena de pasión mientras que él parece un tipo muy frío.

—Cuando ya no era una novedad, no había nadie más frío que tú. Fabian no es tan volátil y desde luego nadie podrá referirse a él como un mujeriego.

—*Inferno!* Yo no soy ni he sido nunca un mujeriego —juró con un aspaviento—. Odio esa etiqueta. Soy una persona conocida y si alguna vez hablaba con una mujer, en los titulares aparecía el rumor de que me había acostado con ella. Y cuando nos casamos, me convertí en un objetivo aún mayor.

Vivien agitó la cabeza haciendo bailar su melena rubia.

—¿Y Bliss Masterson también es un rumor? —preguntó sabiendo que no debería haberlo hecho.

—¡No creo que te deba ninguna explicación de nada de lo que haya hecho desde que me abandonaste! —espetó Lucca enfurecido por lo injusta que podía llegar a ser.

Vivien cruzó los brazos sobre el pecho en un gesto defensivo y levantó bien la cabeza para mirarlo con ojos iracundos.

—Pues a mí me parece que sí porque, te guste o no, todavía estás casado conmigo.

—Sí... —comenzó a decir lanzándole una mirada envenenada—. Una de las grandes ironías es que tú pusiste fin a nuestro matrimonio por una infidelidad que nunca tuvo lugar... ¡Pero ahora podrás decir que he estado siéndote infiel desde entonces!

Aquellas palabras la hicieron darse cuenta de que sus emociones estaban tan a flor de piel, que pasaba de la rabia al dolor en un abrir y cerrar de ojos. Se sentía como si acabara de salir de la sauna y la hubieran tirado a la nieve. De pronto se veía obligada a enfrentarse a una realidad que se había negado a aceptar: la vida sexual de Lucca había continuado con otras mujeres durante aquel tiempo. Durante los dos años de su separación, había evitado cualquier periódico en el que pudiera aparecer cualquier historia sobre la vida social de su marido porque no quería atormentarse.

—Lo siento —dijo él de pronto apretando la mandíbula—... esa broma ha estado fuera de lugar.

Pero era demasiado tarde. La burbuja en la que Vivien había vivido los últimos dos años acababa de resquebrajarse dejándola desprotegida. ¿Cómo había podido estar tan ciega como para no querer ver todo lo que había cambiado entre ellos? Se había comportado como si los dos últimos años no hubieran pasado, dos años durante los que Lucca se había esforzado en ser tan infiel con otras mujeres como ella creía que lo había sido con Jasmine Bailey. Tenía razón, era irónico.

—¿Vivi...? —susurró Lucca suavemente viendo que Vivien estaba pálida y ausente como si hubiera sufrido un shock.

Ahora entendía que Lucca había recuperado su vida de soltero; había disfrutado de otras relaciones, se había acostado con otras mujeres. Sin embargo ella no había estado con ningún otro hombre. Su platónica amistad con Fabian resultaba bastante lamentable comparada con la vida social de Lucca.

—Yo nunca me he acostado con nadie que no fueras tú —masculló Vivien con una triste risa—. ¡Dios mío, debo de ser una persona muy aburrida!

—No creo que eso sea aburrido... creo que esa clase de moralidad es digna de admiración, *cara* —le aseguró agarrándole la mano.

—¿Aunque tú te encuentres tan alejado de ella? —preguntó Vivien retirando la mano.

Pero Lucca sorteó la pregunta.

—Me parece que deberías estar orgullosa de tus valores. Yo lo estoy... y mucho.

—Supongo que te han venido muy bien. Seguramente para alguien como tú habría resultado muy vergonzoso que tu mujer hubiera estado con unos y con otros. Pero dichos valores han actuado en mi contra la mayoría de las veces —en el fondo Vivien sabía que estaba evitando el tema de su infidelidad porque no quería que viera cuánto le dolía o, aún peor, que le dijera una vez más que lo que hubiera hecho con otras mujeres no era asunto suyo porque su matrimonio estaba acabado.

—No entiendo por qué.

—Me habría olvidado de ti mucho más

rápido si hubiera tenido otra relación. Obviamente el hecho de que no haya encontrado a nadie...

—¿Y Fabian? —la interrumpió Lucca, que cada vez se sentía más tenso con la situación.

—No me he acostado con él... por el momento —añadió preguntándose si alguna vez había sentido el menor deseo de hacerlo y pronto se dio cuenta de que no. Eso la condujo hasta la amarga realidad de la duración del vínculo que sentía por Lucca—. Pero dime... ¿Con cuántas mujeres te has acostado desde que rompimos? —por fin atacó el tema que tanto la preocupaba.

Algo parecido al pánico se reflejó en el duro rostro de Lucca. Pero él tardó varios segundos en identificar tal sensación porque ese oscuro sentimiento era algo totalmente ajeno a él. Sabía que no quería contestar aquella pregunta, sabía que incluso una sola mujer sería demasiado para ella. Respiró hondo como si tuviera que prepararse para la peor de las tormentas.

Vivien observó cómo sus maravillosos ojos dorados iban cambiando de expresión intentando ocultar lo que pasaba por su cabeza al tiempo que en sus mejillas aparecía un color poco habitual en él. Le compensaba ligeramente por los celos y la desesperación que ella misma trataba de ocultar.

—¿No piensas contestarme, Lucca?

—No. No quiero que te enfades por algo así.

—¿Acaso parezco enfadada? —preguntó fingiendo—. No soy tan sensible. Sólo estoy tratando de superar las cosas como lo has hecho tú. Además, ¿de verdad crees que me importa tanto con cuántas mujeres te has acostado? —añadió en un tono demasiado estridente para ser cierto.

Pero sólo obtuvo el silencio por respuesta. Lucca se quedó allí inmóvil y callado. Ni la tortura le habría sacado una palabra en aquel momento.

—De pronto estoy entendiendo un montón de cosas de mí misma —afirmó Vivien apretando los puños—. Mi gran error fue seguir comportándome como una mujer casada cuando ya no vivíamos juntos. Seguramente por eso volví a acostarme contigo.

—No lo creo, *gioia mia*. Creo que eso fue por algo más que costumbre...

—Bueno, fuera por el motivo que fuera. ¡Es un hábito del que me voy a deshacer a la velocidad de la luz! —prometió con vehemencia—. Y resultaría de gran ayuda si me dijeras de una vez por todas con cuántas mujeres has estado desde que te dejé. Se llama terapia por aversión.

—¡Santo cielo! —exclamó Lucca con frustración antes de acercarse a ella y tomarle ambas manos—. Dejemos esto de una vez por todas. No tiene ningún sentido... y te estás haciendo mucho daño...

—¡No soy ni la mitad de sensible de lo que crees! —volvió a arrancar las manos de las de él, repudiando su ofrecimiento de ayuda, que no había hecho más que herir su orgullo aún más.

—De acuerdo... estás haciéndome daño a mí —confesó en voz baja—. Nada de lo que haya hecho vale la pena tanta angustia...

—La angustia ha llenado mi vida desde que te conocí —dijo desgarrada por el vacío que sentía dentro—. Llevo dos años tapándome los ojos, sin querer aceptar que tú habías seguido con tu vida. Dime, ¿cuánto tiempo esperaste antes de llenar el espacio que había quedado en tu cama?

—¡Vivi... por favor! —exclamó con los brazos extendidos en un gesto de tremenda frustración.

—Tengo derecho a preguntar. He decidido que voy a dejar de fiarme de los sentimientos, ahora sólo quiero hechos fríos y duros —declaró tajantemente.

—Pero tú no eres ni fría ni dura y yo no quiero que te quedes resentida.

Aquello la dejó lívida.

—Yo no estoy resentida... ¿De dónde sacas la idea de que todavía tienes el poder de hacerme daño? Eres todo lo que desprecio de un hombre. Seguro que has tenido una buena colección de mujeres, ¡y todavía tienes la desfachatez de decir que mi moralidad es digna de admiración!

Lucca estaba increíblemente pálido.

—Vivien...

—¡Quiero que te vayas ahora mismo! —exigió con un grito ahogado por las lágrimas que amenazaban con hacerla derrumbarse—. Puedes venir siempre que quieras a estar con Marco, pero quiero que me des la llave con la que has entrado antes. Cuando empiece a invitar a mis citas, no quiero que te pasees por aquí a tu antojo.

—¿Qué citas? —Lucca había perdido la calma por completo—. ¿Es que te has vuelto loca?

—Al revés, por fin he recuperado la cordura. En lugar de seguir creyendo que eres el único hombre sobre la faz de la tierra, ¡voy a empezar a vivir de nuevo!

—Te has metido en la cabeza que he estado acostándome con todo el mundo...

Vivien pasó a su lado y le abrió la puerta principal invitándolo a salir.

—Por lo que a mí respecta, en el momento que te metiste en la cama con otra que no era yo dejaste de ser mi marido —diciendo eso puso una mano frente a él—. La llave, por favor.

La miró fijamente con los ojos brillantes y llenos de rabia.

—¿Dónde está la mujer que decía que quería volver conmigo a toda costa?

—¿Cómo te atreves a restregarme eso por la cara? —preguntó al borde del llanto. Necesitaba que se marchara inmediatamente, antes de perder el control de sus emociones.

—Está bien —susurró dejando la llave sobre la mesita del vestíbulo—. Cálmate, por favor.

—No necesito calmarme...

—No quiero marcharme dejándote así.

—¿Cómo? —preguntó con una furia poco común en ella—. Estoy perfectamente... libre y deseando empezar mi nueva vida como divorciada.

—¿Me llamarás después?

—Voy a estar demasiado ocupada. Además, ¿cómo voy a llamarte? Sólo tus amantes tienen el número de tu móvil —le recriminó amargamente.

Lucca escribió el número en el bloc de notas que había junto al teléfono de la entrada.

—Por favor márchate.

La puerta se cerró dejándola allí en mitad

de aquel silencio ensordecedor. Dejó salir a Jock de la cocina y lo abrazó tan fuerte, que el pobre perro se quejó. Volvió a dejarlo en el suelo y caminó por las habitaciones en estado de shock, así llegó inconscientemente hasta el dormitorio en el que Marco dormía plácidamente. El llanto la obligó a meterse en el baño, donde tres pañales rotos daban cuenta de las dificultades que había tenido Lucca. Ya no podía aguantar los sollozos por más tiempo. Con las lágrimas recorriéndole el rostro, Vivien pensó lo curioso que resultaba que hacía sólo unos minutos deseara con todas sus fuerzas que Lucca se marchara de la casa, y sin embargo en el momento que había cerrado la puerta tras él, no había sabido qué hacer con tan opresiva soledad. Ella al menos tenía a Marco, multitud de gente tenía mucho menos. Lo único que tenía que hacer era no pensar en Lucca o en mujeres increíblemente bellas como Bliss Masterson…

Todos los sentimientos a los que no se había atrevido a enfrentarse se agolpaban ahora en su cabeza y en su corazón. Mientras ella había estado creyendo en un cuento de hadas en el que podría reconstruir su matrimonio, Lucca se había acostado con ella sólo por el sexo. Algo sin importancia, sin significado alguno…

Entonces sonó el teléfono y tuvo que correr al dormitorio a contestar.

—¿Puedo volver a entrar? —le preguntó Lucca directamente.

—No...

—Me siento fatal... tú estás mal y yo debería estar contigo.

—No... no deberías —contestó con voz entrecortada y colgó inmediatamente.

Tenía la sensación de que la casa se le caía encima. Abrió la puerta del pequeño balcón que daba al jardín y respiró hondo tratando de inhalar tanto aire fresco como fuera posible. El teléfono volvió a sonar, pero esa vez decidió no contestar. Salió a las escaleras y se sentó en un escalón desde el que podía oír sonar todos los teléfonos de la casa. Había sido una tonta amenazando a Lucca de esa manera; él no estaba enamorado de ella, por tanto le daba igual si ella se acostaba con otros o no.

Una tormenta de emociones se estaba desatando dentro de ella. Él era el hombre al que amaba, pero no podía tenerlo. Quizá lo mejor fuera no verlo. ¿Cómo iba a olvidarlo si no la dejaba sola? Tendría que ser más fuerte y más valiente. Intentar hacerle sentir mal no iba a hacerle ningún bien a ella.

El timbre de la puerta sonó con fuerza y pasados unos segundos, también se oyeron golpes. Vivien corrió escaleras abajo y una vez junto a la puerta gritó:

—¡Te odio!

Su voz apenas audible la hizo sentir aún peor mientras se preguntaba si él habría podido oír tan lamentable acto de debilidad. Conteniendo otro sollozo, se alejó de la entrada pues no quería que él se enterara de que estaba llorando.

Al otro lado de la gruesa puerta, Lucca no dejaba de maldecir por haberle entregado la llave. Tenía que volver a entrar en la casa fuera como fuera. Vio luz en uno de los balcones laterales y se fijó en que la puerta estaba abierta como invitándolo a colarse. Llevaba toda la vida luchando contra su miedo a la altura, que era su mayor secreto.

Se subió al coche y lo movió hasta situarlo bajo el balcón; una vez allí, se subió al techo del vehículo y se agarró de la hiedra que trepaba por la pared de la casa. Resopló con fuerza recordándose que el miedo que sentía era irracional, estaba a poco más de dos metros del suelo, aunque a él le parecieran veinte. Para empeorar aún más las cosas, Jock comenzó a ladrarle desde el balcón.

—¡Cállate! —le avisó con furia.

Pero el perro emitió un aullido que no habría avergonzado a un Rottweiler a punto de atacar. Por fin alcanzó la barandilla de piedra y escaló hasta el interior del balcón. Con la torpeza que provocaban las ansias y el miedo, se tropezó con algo y se cayó al suelo, momento que aprovechó Jock para subírsele a la espalda como si acabara de cazarlo.

Vivien estaba acurrucada en la escalera y parecía tan pequeña...

—Vivi... —susurró para no asustarla apareciendo de pronto.

—¿Lucca...? —se volvió desconcertada.

—Estaba preocupado por ti. He entrado por el balcón —bajó los escalones hasta llegar a ella sin apartar un momento la mirada de su rostro cubierto de lágrimas.

Vivien no encontraba nada que decir y menos pudo decir cuando él la tomó entre sus brazos poniéndola en pie para besar sus labios apasionadamente y obtener una respuesta igualmente feroz. Lucca puso las manos a ambos lados de su rostro y la besó en la frente, después en los párpados mojados y volvió de nuevo a la boca, que lo recibió con los labios entreabiertos.

—No deberíamos... —murmuró fascinada.

Clavó la mirada en sus ojos verdes para lanzarle una clara mirada de deseo.

—Claro que debemos...

Capítulo ocho

Y Bliss...? —susurró Vivien mirándolo impaciente e insegura.

Él se echó a reír antes de contestar.

—Lo de Bliss acabó en cuanto te tuve en mis brazos. Deseaba algo que sólo tú podías darme, *cara*.

—Me alegro —se alegraba tanto que no podía expresarlo con palabras. Hablar era un esfuerzo cuando lo que quería era perderse en él, que la abrazaba con tal fuerza que apenas podía respirar; pera ella no se quejó pues anhelaba esa intensidad con todo su corazón.

—Mientras esté contigo, no habrá nadie más en mi vida —prometió levantándola en brazos como si fuera una pluma—. Así fue siempre y así será.

Había un reproche tácito en esa afirmación. Aquél fue el momento en el que Vivien supo que debía despedirse del pasado si no quería arruinar el presente. Para Lucca era todo o nada. Al abandonarlo le había devuelto la libertad y él lógicamente había continuado con su vida, así que no tenía ningún derecho a echarle nada en cara. Lo había juzgado injustamente sin darle la oportunidad de defenderse siquiera. Después le había impedido pasar tiempo suficiente con su hijo, lo que no había hecho más que aumentar sus barreras. Pero esas barreras habían ido cayendo una a una y eso era lo único que importaba. Allí estaba la segunda oportunidad que ella había pedido y no iba a rechazarla.

A mitad de escalera, Lucca se detuvo para saborear aquella boca deliciosa una vez más. Nunca había sentido tal deseo por nadie. Necesitaba estar con ella y allí la tenía. Lo demás no importaba, pensó mientras la dejaba suavemente sobre la cama.

—Vivi... —susurró con una intensidad que la hizo estremecer.

—Me alegro de que no aceptaras un no por respuesta.

—Cuando deseo algo, lucho por ello, *cara mia* —dijo acariciándole la mejilla.

—Pues no dejes de desearme —murmuró tensa como las cuerdas de un violín.

—Tendrías que decirme cómo hacerlo —confesó Lucca.

—Jamás se me ocurriría hacer una cosa así —respondió ella vigorizada por su admisión y con la inquietud de no haber adoptado nunca ese papel, empezó a quitarle la chaqueta. Él la miró fijamente, dándole energía para que continuara—. Parece que no se me da muy bien esto —dijo haciéndose un lío con la corbata.

—Puedes practicar conmigo siempre que quieras, pero esta noche no hace falta tanto refinamiento —opinó despojándose de la corbata y la camisa sin ocultar su impaciencia y con su fuerte torso desnudo, la levantó del colchón para colocarla entre sus piernas.

Una sucesión de besos apasionados y después más dulces le arrebató toda la concentración. El mordisqueo de sus dientes en el labio inferior desencadenó un placentero escalofrío. Mientras y casi sin que ella lo notara, la estaba desnudando.

—Me encanta tu boca —rugió él suavemente bajando desde el rostro, por el pecho hasta llegar al estómago—. Me encanta tu piel —añadió quitándole la camiseta—. Pero sobre todo, me encanta mirarte, *bella mia.*

—No sé por qué... —susurró ella tímidamente.

Sus ojos se detuvieron en los pechos blancos y los pezones que lo esperaban impacientes.

—Para mí... eres perfecta. Una química como la que hay entre nosotros no desaparece sólo porque uno quiera.

—¿Y tú querías que desapareciera? —preguntó ella ofendida.

Él la miró sorprendido.

—*Che altro…?* ¿Qué otra cosa iba a hacer? Claro que quise que desapareciera el deseo que sentía por ti cuando me abandonaste. Era como si te hubieras llevado contigo parte de mí —confesó apesadumbrado al recordarlo—. ¿Cómo iba a vivir así?

El corazón se le estremeció dentro del pecho y los ojos se le humedecieron, pero antes de que pudiera pararse a pensar en ello, Lucca sumergió una mano en su cabello y la besó con una pasión explosiva que la hizo olvidar hasta su nombre.

Le acarició los pechos, sus dedos jugaron con los pezones y un río de fuego recorrió el centro de su cuerpo. Alzó las caderas para aproximarse aún más a él pues el deseo se había convertido en dolor haciendo de la paciencia una gesta imposible. El roce de su lengua en la piel la hacía retorcerse de placer, pero nada comparado con lo que sintió cuando sus dedos se colaron bajó la tela que todavía cubría el triángulo entre sus piernas. Algo dentro de ella ardía de un modo incontrolable.

—Lucca… —se estiró hasta encontrar su boca y lo saboreó detenidamente.

Con una especie de rugido animal, le levantó las piernas y le quitó las braguitas. Acarició el húmedo centro de su cuerpo mientras su lengua penetraba una boca que lo recibía ansiosa de ser poseída.

—Me rindo, *bella mia* —gruñó apretándole los hombros contra el colchón.

—No me hagas esperar —susurró ella impulsada por una necesidad contra la que no podía luchar.

—No podría...

Se separó de ella lo justo para quitarse la ropa que todavía retenía aquella poderosa excitación. Con la misma impaciencia que la atormentaba a ella, se acercó y le separó los muslos para encontrar el lugar que lo esperaba ansioso.

—Noche tras noche, has habitado mis sueños y ahora estoy haciendo realidad mi fantasía.

Con un solo movimiento entró en las profundidades de su cuerpo. El placer fue inmediato e infinito. Vivien arqueó la espalda al tiempo que liberaba un gemido.

—¿Te gusta? —la miró satisfecho al comprobar su respuesta aunque ella no pudiera ni hablar—. Quiero que te guste para que no puedas alejarte de mí.

—Enciérrame... ¡y tira la llave! —bromeó ella desenfrenada.

—No, *bella mia* —dijo moviendo las caderas en círculos—. Ya conoces las reglas. Eres tú la que debes elegir libremente si quieres estar conmigo.

—Lo elijo… elijo estar contigo —era todo lo que podía decir entre gemidos de placer.

Él reclamó su boca con un beso que le aceleró la sangre y ella se sintió suya en cuerpo y alma, era una sensación electrizante que jamás había experimentado. Lucca levantó el rostro y la miró lleno de satisfacción antes de sumergirse aún más y más rápido dentro de ella. Vivien claudicó mientras susurraba su nombre casi sin aliento. El doloroso deseo fue subiendo hasta que algo estalló dentro de ella llevándola a alturas desconocidas. Después del éxtasis, tuvo la sensación de ser capaz de volar, aunque el cuerpo de Lucca la tenía atrapada, algo que jamás le había resultado tan placentero.

Él la abrazó con el cariño que en otro tiempo les había resultado tan natural. Con la felicidad iluminando su corazón, fue recorriendo a besos el pecho de Lucca, que la miraba sonriendo.

—Vivi… —murmuró besándole la palma de la mano.

—Quiero que sepas que elegí estar contigo hace ya mucho tiempo —dijo ella entusiasmada.

Su cuerpo experimentó una tensión casi

imperceptible.

—Intenta no olvidar que también elegiste abandonarme cuando las cosas se pusieron difíciles.

Vivien se quedó lívida al oír aquello.

—No… no fue así.

—Ten cuidado, *bella mia* —continuó diciéndole con la suavidad de la seda—. La próxima vez, puede que sea yo el que abandone.

La felicidad desapareció como si alguien acabara de apagar su luz interior. Giró la cabeza hacia otro lado. Lucca observó su pesar no sin cierta desconfianza. Parecía tan tranquila y tan inocente que habría jurado que en ella no había siquiera un ápice de maldad. Y sin embargo, cuando se trataba de salirse con la suya, se convertía en una especie de ariete aterrador y muy eficaz que siempre conseguía lo que quería.

Entre sus triunfos figuraba el haberle hecho cambiar la simple aventura que buscaba la primera vez que le había pedido una cita por un anillo de diamantes en sólo un mes. Perplejo por su propia rendición, había planeado continuar comprometidos años y años, pero al ver que ella se negaba a irse a vivir con él, había acabado pasando por el altar. Cuando le había dicho que estaba demasiado ocupado para la luna de miel, ella había decidido volver a trabajar también, pero claro, ella tendría que pasar dos semanas con sus estudiantes en las remotas tierras altas escocesas. Ese mismo día había organizado la luna de miel. Con todas aquellas conquistas femeninas en la cabeza, Lucca salió de la cama y se metió en el cuarto de baño.

Estaba a punto de meterse en la ducha cuando entró Vivien con gesto beligerante.

—Pues hazlo ahora.

—¿Que haga qué?

—Abandonarme —lo retaron sus ojos furibundos—. Vamos, estoy esperando.

—¡Pero yo no quiero abandonarte!

—Entonces... lo haré yo por ti —replicó ella con total suficiencia.

—*Dannazione!* ¿A qué demonios estás jugando?

—No me gustan las amenazas, así que no te atrevas a hablar de abandonarme sólo porque te haya dejado que vuelvas a meterte en mi cama —le advirtió acaloradamente.

Mordiéndose la lengua para no decir nada inapropiado, Lucca agarró una toalla y se la ató a la cintura, después se pasó la mano por el pelo en un gesto de desesperación.

—Estaba bromeando...

—Si te llevara hasta el borde de un precipicio y te abandonara allí, a cincuenta metros de altura, ¿te parecería una broma?

—¿Quién te ha dicho que me da miedo la altura? —preguntó sorprendido y furioso.

—Tu hermana —confesó ella con cierto sentimiento de culpabilidad—. Jamás te habría dejado saber que lo sabía si no hubieras dicho lo que has dicho. Sobre todo después de lo valiente que has sido trepando por el balcón.

Lucca se esforzó por seguir enfadado, pero falló estrepitosamente; de hecho una malévola sonrisa se asomó ligeramente a sus labios.

—¿Se lo vas a contar a la gente? ¿O me lo recordarás cada vez que te enfades conmigo?

—Yo jamás te haría eso.

Lucca le agarró ambas manos entre las suyas y le dio un beso en la frente.

—De pronto me impresionó volver a estar contigo, *bella mia*.

Vivien sintió la imperiosa necesidad de saber qué quería decir exactamente con que se había impresionado, pero no era el momento de someterlo a un interrogatorio.

—Ha sido una noche llena de emociones.

—Necesitamos relajarnos —sugirió quitándose la toalla que llevaba a la cintura.

—¡Lucca!

—Si eso te escandaliza... —susurró con

los ojos chispeantes—... espera a ver lo que puedo hacer en la ducha.

Acababa de amanecer cuando Lucca se levantó de la cama sin despertarla y se vistió sigilosamente después de mirarla un instante. Definitivamente, Fabian Garsdale había quedado fuera de juego. Cruzó el pasillo hasta el dormitorio de enfrente y observó a Marco con inmenso orgullo. En el piso de abajo, Jock comenzó a aullar al notar su presencia y tuvo que abrir la puerta de la cocina para conseguir que se callara... aunque pronto descubrió que eso no bastaría para satisfacer a la mimada mascota. Después de una increíble interpretación en la que el chucho se echó al suelo patas arriba y lo miró con cara de furia, Lucca no pudo hacer otra cosa que buscar la caja de galletas.

—Tenemos que hacer un trato —le dijo a la caprichosa mata de pelo, que parecía sentir cierta aversión por él—. Tendré que sobornarte para que me permitas andar por la casa tranquilamente. Aquí tienes...

Jock aceptó la galleta encantado. Lucca lo miró orgulloso, como habría mirado cualquier nuevo proyecto o desafío. Pero cuando el perro abandonó su premio para celebrar a ladridos su marcha, Lucca no pudo hacer otra cosa que reírse.

—Vuelve a dormirte, *cara mia*... descansa y recupera las fuerzas —le recomendó Lucca con una provocadora sonrisa en los labios y la satisfacción masculina de un hombre que acababa de dejar exhausta a una mujer.

Con la indolencia provocada por la reciente sobredosis de placer, Vivien le tendió los brazos abiertos.

—Me encanta quedarme en la cama. Supongo que eso quiere decir que tú te encargas de levantar a Marco y darle de desayunar.

Lucca estuvo a punto de decir que no, pues todavía no estaba familiarizado con la cantidad de trabajo que implicaba criar a un hijo.

—Era una broma... —reconoció ella sonriendo malévola—. Sólo quería ver tu reacción.

—¡Qué bruja! —protestó Lucca con fingida irritación al tiempo que pensaba lo guapísima y radiante que estaba Vivien por las mañanas. Sin embargo en el fondo había algo que le preocupaba. Su divorcio ya era definitivo. Se lo habían notificado el día anterior y todavía no se había atrevido a decírselo a Vivien por miedo a disgustarla. En realidad también había pensado que quizá era mejor si la informaba su abogado.

—¿Qué ocurre? —le preguntó ella como si pudiera leerle el pensamiento.

—Nada —se encogió de hombros y se levantó de la cama con aparente tranquilidad.

Pero no podía quitárselo de la cabeza. ¡Estaba acostándose con su ex mujer! Los dos eran felices y Marco también, así que quizá no hubiera problema; de todos modos, podía comprarle algo para demostrarle que seguía allí. Unas flores… a cambio de un anillo de boda. No, no, mejor unos diamantes… No, Vivien no tenía una especial debilidad por las joyas. También podría llevarla a cenar a algún sitio especial, pero no quería atraer la atención de los paparazzi y acabar saliendo en los periódicos, eso podría disgustarla aún más. Lo mejor sería regalarle el mejor helecho que pudiera encontrar. Eso seguro que la impresionaba.

—¿Estás seguro de que no te pasa nada? —insistió extrañada por lo abstraído que estaba.

—No, sólo estaba pensando. Lo que necesitamos… lo que necesitas —se apresuró a corregir al tiempo que se preguntaba qué demonios le pasaba a su cerebro y a sus normalmente templados nervios—… es una niñera que te ayude con Marco.

Vivien fingió no percatarse del desliz que daba a entender que, una vez más, Lucca estaba pensando en ellos como pareja, pero se moría de ganas de sonreír de oreja a oreja.

—Rosa Peroli, la niñera que trabajaba para mí en Oxford, me dijo que no le importaría probar suerte en la gran ciudad.

—¿Es italiana? —preguntó gratamente sorprendido.

—Sus padres, pero ella habla italiano perfectamente. Creí que sería bueno para Marco escuchar el idioma paterno también en casa.

Lucca se quedó de piedra. Incluso creyéndolo infiel, Vivien había decidido respetar la herencia cultural de su hijo. Parecía que él también había sido injusto con ella.

—Parece perfecta.

Mientras él estaba en la ducha, Vivien echó un vistazo a su alrededor. La habitación estaba llena de cosas de Lucca; ropa en el suelo, varios disquetes en la mesa, periódicos. Era evidente que estaba acostumbrado a que alguien recogiera todo a su paso, pero lo cierto era que para ella era una verdadera maravilla ver todas esas cosas en su dormitorio. Había vivido dos años en una casa en la que no habría podido encontrar ni rastro de Lucca. Ni siquiera quería pensar en lo desgraciada que había sido sin él. ¿Por qué pensar en el pasado cuando el presente era tan maravilloso? Llevaba sólo dos semanas en Londres y cada vez pasaba más tiempo con él. Prácticamente estaba viviendo con Marco y con ella. Ya no se iba a trabajar a las seis de la mañana y durante el fin de semana incluso había apagado el teléfono móvil. Para alguien tan poco acostumbrada a tener una vida familiar satisfactoria, aquello era un verdadero regalo que ella apreciaba en cada segundo del día.

Debía admitir que Lucca había cambiado durante el tiempo que habían estado separados. Se había vuelto mucho menos arrogante y egoísta y mucho más paciente. Le había demostrado una y otra vez que estaba dispuesto a sacrificarse por Marco y por ella, cuando hacía sólo dos años había sido el típico hombre que hacía lo que quería cuando quería sin contar con nadie. Quizá se hubiera casado con ella, pero había seguido llevando su vida de soltero durante aquel año que habían vivido juntos. Había conservado su apartamento de soltero aunque ella lo había detestado, había seguido trabajando diez horas al día y no había dejado de hacer viajes de negocios. Habían compartido cama, pero poco más que eso. Por eso a Vivien le había resultado tan difícil imaginarlo como un buen padre, con todos los cambios que eso implicaba.

Pero ya no parecía tan reacio al cambio. Parecía deseoso de demostrar su capacidad de adaptación, incluso cuando Marco estaba de mal humor, él seguía teniendo la misma paciencia con el pequeño. Y en el terreno más personal, pensó Vivien con una sonrisa en los labios, Lucca era increíblemente apasionado, generoso y atento.

Sólo había una pequeña nube en el horizonte. A Vivien siempre le gustaba saber en qué posición se encontraba y le resultaba difícil vivir con la poca certeza que tenía sobre el futuro. Lucca estaba con ella en aquel momento, pero no sabía hasta cuándo ni en condición de qué. Necesitaba saber si había un futuro para ellos.

—¿Qué te parecería hacer un viaje a Italia, *cara*? —preguntó de pronto Lucca, que acababa de salir de la ducha ataviado con un elegante traje de Armani que le daba un aspecto arrebatador.

—¿A Italia? —después de abandonar sus pensamientos de golpe, Vivien estaba algo confundida.

—Tengo una villa a pocos kilómetros de Florencia, allí podríamos disfrutar de completa intimidad —explicó orgulloso por la solución que había encontrado—. Saldremos esta tarde.

—¿Tan pronto? —dijo ella mientras se preguntaba cuándo se habría comprado esa villa, pues ella sólo conocía la que tenía en Roma, que había pertenecido a su familia.

—A mí me haría muy feliz, *bella mia*.

Ese tipo de sinceridad con sus sentimientos no era habitual en él. Su refugio en la Toscana era el lugar ideal, allí no podrían encontrarlos ni los paparazzi ni los abogados.

—Entonces no puedo negártelo —accedió Vivien encantada.

Unas horas más tarde, un mensajero trajo una preciosa aspidistra que dejó a Vivien estupefacta por lo inusual que eran esos detalles en Lucca; no obstante lo llamó para agradecérselo.

—Sé cuánto te gustan los helechos, *cara mia* —le dijo él orgulloso. Vivien estuvo a punto de decirle que una aspidistra no era un helecho, pero le dio lástima. De todos modos, era una planta preciosa.

Bernice la llamó a media mañana y Vivien estuvo encantada de saber algo de su hermana, aunque no tardó en tener que enfrentarse a algunas incómodas preguntas.

—¿Cuánto tiempo tienes hasta que el divorcio sea definitivo? —le preguntó a bocajarro.

—Pues no estoy del todo segura... —reconoció repentinamente tensa por tener que hablar de la única cosa en la que había evitado pensar en los últimos días.

—No seas tonta. Tienes que saberlo —la presionó su hermana sin el menor miramiento.

Vivien nunca había querido el divorcio.

Lucca lo había solicitado hacía unos meses después de la reglamentaria separación de dos años y ella había firmado los papeles por orgullo; pero había llorado toda la noche después de hacerlo. Después de eso la petición había pasado a los tribunales y aunque no había querido prestar demasiada atención al proceso, sabía que debían pasar seis semanas y un día hasta obtener la sentencia definitiva. Estaba segura de que dicho periodo no podía haber transcurrido todavía y de que todavía había una pequeña posibilidad de que Lucca cambiara de opinión y decidiera seguir casado con ella.

—¡Vivien! —la llamó su hermana impacientemente.

—Escucha... —ya no quería seguir hablando del divorcio. Mientras buscaba la manera de darle la noticia del viaje, abrió el sobre en el que le habían mandado su correo desde Oxford. Parecía que sólo contenía el catálogo de semillas que ella misma había pedido... Quizá lo mejor fuese ser sincera con su hermana—. Lucca y yo nos vamos a Italia esta tarde.

—¿En serio? Me alegro mucho por vosotros —dijo en un tono sorprendentemente animado.

—¿De verdad?

—Claro, ¿por qué no iba a alegrarme? Yo

también tengo algo que contarte... el día que te fuiste confundí tu extracto bancario con el mío y lo abrí... y no pude evitar comprobar que Lucca te había ingresado una generosísima suma.

—¡Dios mío! ¿Estás segura?

—Bueno, tú le pediste algo de dinero y él no se ha retrasado. Tus números rojos han desaparecido. ¡Te ha ingresado un cuarto de millón de libras! —anunció emocionada.

—¿Tanto? No puede ser —concluyó paralizada.

—Es estupendo para ambas. Estoy deseando empezar de nuevo ahora que puedes hacerme un préstamo libre de intereses.

—¿Un préstamo?

—Vamos, ahora que has vuelto con Lucca... podrás prescindir de cien mil libras para que yo empiece mi nuevo negocio...

Vivien respiró hondo sin saber qué decir ante tan directa petición.

—Pero si yo no he vuelto con Lucca, al menos no como tú crees. No sé si vamos a seguir juntos —confesó apesadumbrada—. Lo siento mucho, pero no puedo prestarte su dinero.

—¿Por qué no? ¡A él le sobra! —señaló Bernice frustrada—. Pero te estás acostando con él, ¿no?

Vivien prefirió desoír el comentario de su

hermana.

—Lo primero es que ese dinero estaba destinado a resolver mis problemas económicos y garantizar el bienestar de Marco. Yo ahora mismo no tengo ningún sueldo, ni mi propia casa, pero sí que tengo que hacer frente a la hipoteca —le recordó incómodamente—. La situación en la que estoy es temporal...

—¿Me estás diciendo que ahora eres la amante de Lucca?

Aquella pregunta fue como una cuchillada.

—Mira, me encantaría poder ayudarte, pero en este momento...

—No, no te encantaría, ¡porque siempre has sido una egoísta! —espetó su hermana iracunda por no haber obtenido lo que quería—. Lucca está haciendo lo que quiere contigo. No puedo creerlo. Hace tres años te negabas a acostarte con él hasta que estuvierais prometidos...

—¡Bernice... por favor! —la interrumpió avergonzada.

—¡Y ahora sólo tiene que ingresarte una buena suma de dinero para que te comportes como una furcia!

Y con ese ofensivo final, Bernice dio por terminada la conversación.

Capítulo nueve

TE va a encantar Il Palazzetto —aseguró Lucca entusiasmado.

Vivien dudaba mucho que le fuera a encantar lo que preveía sería un lujoso edificio lleno de mármol y oro. Lucca era muy aficionado a los lujos, al fin y al cabo se había criado en una villa romana del siglo dieciséis. Sin embargo a Vivien toda esa opulencia la hacía sentir incómoda, pero jamás había esperado que Lucca viviera en condiciones modestas por ella.

Hacía un día glorioso. La limusina iba atravesando un denso bosque de hayas bajo el sol radiante para después acceder a una empinada carretera rural flanqueada por robles que iba a dar a un enorme prado lleno de amapolas y flores silvestres. En lo alto de una colina, divisó la elegante torre con tejado de terracota que coronaba una antigua casa que encajaba a la perfección en el paisaje. Era una construcción de piedra tan bella que Vivien abrió los ojos para memorizar su imagen.

Ya antes de que el vehículo aparcara en la entrada, Vivien creyó estar experimentando un *déjà vu*. Tres años atrás, habían pasado su luna de miel en una moderna villa dotada de la más adelantada tecnología; Lucca había estado encantado, pero ella había encontrado el lugar frío y sin encanto. Durante aquella cortísima semana en la Toscana, ella no había dejado de admirar las antiguas villas, lo que había provocado las bromas de Lucca, que había elaborado una lista de las características que habría tenido la casa de sus sueños. Se trataba de un edificio de piedra, con una torre que ofrecería unas bellas vistas. Aquella casa imaginaria habría estado emplazada en una colina rodeada de bosque que la mantendría apartada de cualquier molestia del mundo exterior. Y allí estaba frente a ella, la casa de sus sueños, que su marido había comprado un mes después de la separación. Aquello era demasiado para cualquier mujer...

Bajó de la limusina sin comentar el parecido del edificio con su casa imaginaria, de hecho mantuvo un silencio absoluto. Un ama de llaves y un mayordomo salieron a su encuentro y saludaron a Marco con el mayor cariño.

—Rosa Peroli llegará mañana por la mañana para ayudarte a cuidar de Marco —anunció Lucca.

Vivien pestañeó rápidamente.

—¿Qué has dicho?

—No fue tan difícil encontrar su número en la guía de teléfonos. La llamé y le propuse trabajar para ti a tiempo completo...

—Pero yo no necesito...

—Está todo organizado —la interrumpió enseguida—. Rosa está encantada y deseando empezar. Dice que ha echado de menos a Marco.

Vivien respiró tan hondo y tan fuerte para intentar calmarse que tuvo miedo de explotar.

—Y supongo que en ningún momento se te ocurrió que quizá debías consultarme al respecto.

—Sí se me ocurrió, pero después decidí no hacerlo.

Lo miró con incredulidad, pero él se limitó a encogerse de hombros.

—Estás acostumbrada a cuidarlo sola y te sientes culpable por delegar en otros. Pero he pensado que nos vendrá bien poder relajarnos de vez en cuando sin preocuparnos por Marco. Reservar algún tiempo sólo para nosotros dos no es un crimen, *gioia mia*.

Vivien detuvo la mirada en aquellos profundos ojos y estuvo a punto de sonreír porque acababa de emplear las palabras perfectas para convencerla.

—Supongo que tienes razón.

Tomándola de la mano, la llevó al interior de la casa, que no tenía nada que envidiar al aspecto exterior. Todos los espacios estaban decorados con un exquisito estilo rústico que despertó la curiosidad de Vivien sobre quién se habría encargado de la decoración. Y cuanto más veía de aquel maravilloso lugar, más se imaginaba a Bliss Masterson decidiendo la ubicación de cada mueble y cada complemento. Volvió a respirar hondo, esa vez en un intento por controlar tan turbulentas emociones. Le estaba costando un gran esfuerzo no preguntarse cuántas mujeres habrían disfrutado de la misma visita junto a Lucca.

Subieron a la torre para contemplar las fantásticas vistas, que parecían sacadas de un cuento de hadas. Pero Vivien era incapaz de disfrutar, no podía quitarse la duda de la cabeza; y aunque se había prometido no decir nada, el tormento era más de lo que podía soportar.

—En nuestra luna de miel... me prometiste una casa exactamente igual que ésta —dijo por fin arrastrando las palabras.

—Y como ya te dije, siempre cumplo lo prometido —bromeó él.

Vivien estaba tan tensa que no entendía cómo no se le quebraban los huesos. ¿Cómo podía ser tan obtuso? ¿Acaso pensaba que estaba alabando su buen gusto? La visita continuó con un precioso dormitorio azul claro, su color preferido. Dejándose llevar por el mismo impulso que habría llevado a un detective hasta la prueba de un crimen, fue directa hasta una puerta que, como sospechaba, daba al cuarto de baño. Y allí estaba, ¡la bañera redonda de sus sueños!

—¡Te odio! —le gritó conteniendo las lágrimas.

Lucca se apoyó sobre la cómoda de madera maciza y la observó impasible.

—*Santo cielo...* No me lo puedo creer. ¿Qué es lo que te ocurre?

—¡Compraste la casa de mis sueños después de que yo te abandonara y la profanaste con otras mujeres! —explicó iracunda—. ¿Cómo te atreves a traerme aquí?

—Probablemente quisiera recordarte que abandonaste a un tipo maravilloso, *bella mia* —replicó con fría claridad—. Lo que estás viendo no es lo que tú crees... todo esto demuestra la fe que tenía en ti.

—¿Qué se supone que significa eso?

—Yo pensaba que volverías. Cuando te marchaste de nuestra casa, no se me ocurrió por un momento que fuera el fin de nuestro matrimonio.

Antes de continuar observó la expresión ofendida de su rostro.

—Una semana después de que te fueras, me informaron de la existencia de este lugar. Antes de eso había visto muchas otras casas —comenzó a explicarle detalladamente—. En cuanto vi las fotos de Il Palazzetto supe que era lo que tú querías. La compré porque sinceramente creía que no tardarías en recuperar la cordura y volver a mi lado.

Vivien aceptó con un nudo en la garganta una explicación que jamás habría imaginado.

—Si eso es cierto…

—No dudes de mi palabra —avisó clavando la mirada en ella—. Ya lo hiciste una vez y tuvo unas consecuencias devastadoras —le recordó sin piedad—. Creí que habrías aprendido la lección.

—Sí, he aprendido una o dos lecciones —contraatacó con una amarga carcajada—. Yo te juzgué mal, pero habría estado encantada de que me convencieras de tu inocencia, si te hubieras tomado la molestia de intentarlo. Pero no te importaba lo bastante como para ir en mi busca y luchar por mí.

—Eso es mentira.

—Eras demasiado orgulloso y yo herí tu amor propio al no creerte; por eso decidiste castigarme —dijo Vivien con un amargo dolor en la voz.

—Eso es descabellado.

—No, no lo es. Estabas jugando a la ruleta rusa con nuestro matrimonio y compraste esta casa pensando que volvería arrastrándome —la actitud de aparente relajación de Lucca estaba volviéndola loca—. Fuiste muy cruel. Estabas tan enfadado conmigo por no doblegarme que me dejaste marchar. Y ahora no puedes dejar de echarme la culpa del fracaso de nuestro matrimonio. Puede que yo no fuera una buena esposa, pero desde luego tú fuiste mucho peor marido. ¡Yo ya era infeliz mucho antes de que Jasmine Bailey se pusiera a inventar historias!

En el rostro de Lucca pudo observarse una ligera reacción a sus palabras.

—¿Se puede saber en qué basas tal acusación?

—Nuestro matrimonio se vino abajo porque yo nunca te veía. Para ti lo primero era el trabajo y siempre que podías, aprovechabas para hacerme ver la poca importancia que yo jugaba en tus planes. En realidad tú no querías estar casado porque siempre seguiste comportándote como si estuvieras soltero…

—*Per meraviglia!* ¿Es culpa mía que tú aceptaras cualquier cosa? ¿De qué sirve quejarte de cómo te trataba con dos años de retraso? —de pronto cruzó la habitación hacia ella hablando a todo volumen—. Cuando me casé contigo tenía veintisiete años y no era tan maduro como yo me creía. Realmente no sabía cómo comportarme.

—¡No pensé que necesitaras un libro de normas!

—Pues me habría resultado muy útil. Mis padres siempre llevaron vidas separadas, de hecho es increíble que murieran en el mismo accidente de avión porque jamás iban juntos a ningún sitio —admitió de manera cortante—. Mi padre tenía continuas aventuras. Se odiaban el uno al otro.

Vivien se quedó muda ante tamaña explicación. Sus padres habían muerto mucho antes de que ella lo conociera y jamás se le había ocurrido pensar que procediera de una familia tan infeliz.

—Serafina nunca me contó…

—Serafina era sólo una niña cuando murieron y no vi motivo de desilusionarla.

—Pero deberías habérmelo contado a mí.

Lucca levantó la mirada sorprendido.

—¿Por qué? No tiene nada que ver con lo que pasó entre nosotros. Sólo quería hacerte ver que mis padres no me dieron un patrón de conducta para llevar la vida hogareña y feliz que tú querías.

Era curioso oírselo decir en ese momento, después de una semana entera de feliz vida hogareña. Pero gracias a que por fin se había enfadado tanto como para hablar desenfrenadamente había conseguido entender muchas cosas de la época en la que habían vivido juntos. De hecho, con esos antecedentes era increíble que se hubiera atrevido siquiera a pedir a nadie que se casara con él.

—¿De verdad compraste esta casa para mí? —le preguntó entonces con dulzura.

Lucca le lanzó una dura mirada, pero de pronto ella se sentía mucho más segura de sí misma.

—Sí, la compraste para mí —se contestó a sí misma—. Este estilo rústico no te va mucho, ¿no?

En sus ojos apareció un brillo de provocación.

—Hay algunos placeres de la vida rural que aprecio enormemente, *bella mia*.

De pronto Vivien recordó vívidamente la pasión desenfrenada que habían compartido sobre un prado verde hacía tres años. Seguramente él estaba recordando lo mismo porque se acercó a ella muy lentamente con el mismo deseo reflejado en la mirada. En unos segundos el aire se había llenado de sensualidad y Vivien se vio poseída por una necesidad que debía satisfacer inmediatamente. Lucca vio sorprendido cómo ella se quitaba los zapatos.

—Te he imaginado tantas veces en esta misma habitación —le confesó mientras cerraba la puerta. Ella respondió con una sonrisa de satisfacción al tiempo que se desabrochaba la cremallera del vestido—. Continúa por favor.

Se desabrochó el sujetador sin apartar los ojos de él ni un instante porque él tampoco podía retirarlos de ella. Arqueó la espalda y dejó que la prenda de encaje cayera al suelo.

—No pares...

Cuando la última pieza de tela estuvo en el suelo, Vivien se quedó mirándolo con el rostro acalorado y una sonrisa nerviosa en los labios.

—Ven aquí —le pidió con un hilo de voz.

Lucca se despojó de la camisa con tal ímpetu que salieron volando un par de botones. Ella lo observaba allí de pie, con su cuerpo pálido y delgado que era una especie de imán para su atención y para su más que evidente interés.

—¿Cuándo te has vuelto tan descarada? —preguntó él fascinado.

—Después de estar una semana contigo —susurró ella sintiéndose deliciosamente salvaje y sin vergüenza.

—Nunca he traído a ninguna otra mujer a esta casa —confesó quitándose los vaqueros—. Siempre vine en busca de tranquilidad y soledad.

Aquel lugar era para ella. Debería haberlo sabido, se dijo dichosa. Lucca puso una mano sobre la turgencia de aquel pecho pequeño pero firme y después bajó la boca hasta saborear el pezón rosado que lo coronaba provocando con su movimiento un gemido de placer.

Cada terminación nerviosa del cuerpo de Vivien respondió con un auténtico espasmo y llenando el espacio entre sus muslos de una cálida humedad. Fue ella la que lo llevó hasta la cama y se tumbó bajo aquel cuerpo masculino y poderoso.

—Te deseo tanto que me duele —le dijo mirándola apasionadamente.

—¿Y a qué esperas? —susurró ella adorando cada facción de su rostro—. Soy toda tuya.

—No lo eras cuando me abandonaste...

—Si yo puedo perdonarte... tú puedes perdonarme a mí —lo interrumpió deseosa de zanjar tan doloroso tema—. He vuelto y voy a quedarme.

Lucca respondió a su afirmación con una pasión y una ansia que la dejó exhausta pero increíblemente satisfecha. Incapaz de moverse por el placer que le había proporcionado su héroe, Vivien se quedó muerta en sus brazos.

—¿Qué tal he estado? —le preguntó él malicioso.

—Necesitas un poco más de práctica —respondió sonriendo para sí misma.

Él le levantó la barbilla para obligarla a mirarlo, pero lo que hizo fue reírse a carcajadas.

—¿Eso es una queja, *bella mia*?

—Marco debe de creer que nos hemos perdido —dijo de pronto con cierto sentimiento de culpabilidad—. Deberíamos levantarnos antes de que nos eche demasiado de menos.

Lucca se dirigió a la ducha obedientemente y ella se quedó unos segundos tan placenteramente relajada que podría haberse quedado dormida si en ese momento no hubiese sonado el teléfono y no hubiese tenido que contestar.

—¿Vivien? —dijo la voz al otro lado después de un silencio—. ¿Eres tú? ¿De verdad eres tú? —preguntaron con un entusiasmo que le resultaba muy familiar—. ¡No puedo creerlo!

Era la hermana de Lucca, Serafina, Vivien cayó en la cuenta despertándose de pronto y por completo.

—¡Dios mío... estás con Lucca en Il Palazzetto! Estáis otra vez juntos. Eso quiere decir que vendréis a mi boda el sábado. ¡Es el mejor regalo que podrías haberme hecho! —exclamó la joven emocionada—. ¿Es que ibais a venir sin avisarme?

—Espera, voy a llamar a Lucca —Vivien dejó caer el auricular como si quemara. No sabía qué decirle, durante el tiempo que había estado con Lucca, se había encariñado mucho con Serafina, pero cuando al abandonarlo, ella había defendido a su hermano con uñas y dientes. Sólo de pensarlo ahora, le daba mucha rabia haberse negado a escucharla, pero en aquel momento le había parecido más sencillo perder el contacto con la joven.

Llamó a Lucca e intentó no sentirse herida por que no le hubiera contado que su hermana iba a casarse. Quizá hubiera planeado llevarla a la boda por sorpresa. Fuera como fuera, desde luego ahora iba a resultarle muy difícil no hacerlo.

—Serafina está planeando salir con sus amigas mañana por la noche y quiere que vayas con ellas —le contó Lucca cuando ella hubo salido de la ducha y todavía al teléfono con su hermana—. Estoy tratando de explicarle que a ti esas cosas no te van.

Pero la rebelde que llevaba dentro se levantó para demostrarle que se equivocaba.

—Pues te equivocas... Estaré encantada de ir, dale las gracias por invitarme.

Lucca la miró con gesto de desaprobación y sorpresa, lo que hizo que Vivien se sintiera

como una anciana que fuese a salir con ado-
lescentes, aunque en realidad Serafina sólo
tenía cuatro años menos que ella.

—¿Con quién se casa? —preguntó Vivien
después de haber charlado un rato con la
futura novia.

—Con Umberto, un arquitecto que está
loco por ella.

—Me alegro mucho por ella —dijo bajando la cabeza—. ¿Le has explicado cómo están
las cosas entre nosotros? —sondeó agradecida
por la excusa para poder hacerlo—. Porque
estaba llegando a unas conclusiones…

—Ya sabes cómo es mi hermana. Déjala
que crea lo que quiera hasta después de la
boda —sugirió Lucca sin la menor expresión
en el rostro.

—¿Tienes la intención de llevarme a la
boda?

—Creo que no tenemos otra opción ahora
que ya sabe que estás en Italia.

No era una respuesta muy romántica, por
lo que Vivien dedujo que de no haber sido
por la llamada de Serafina, jamás se le habría
ocurrido llevarla a una fiesta tan familiar.
Vivien era consciente de que su aparición
iba a causar sensación entre sus amigos y
parientes. Además, al decírselo de un modo
tan evasivo, Lucca había esquivado la oportunidad de dejar claro lo que había entre

ellos. En aquel momento se arrepintió de haber contestado a la llamada. Aunque quizá estuviera demasiado sensible, recapacitó algo más despacio; quizá todavía era pronto para hablar de su nueva relación. Al fin y al cabo, esperar que un hombre como Lucca hablase de relaciones o sentimientos era como pedirle la luna. No debía olvidar que era el mismo tipo que había preparado la petición de matrimonio en Longchamp con champán, fresas y diamantes y luego se había limitado a decir: «Bueno… ¿lo harás?»

—¿Si haré qué? —había preguntado ella observando el anillo mientras rezaba por que fuera cierto lo que pensaba y deseaba con todas sus fuerzas.

—Que si tú… y yo —había intentado darle a entender con obvia frustración.

—¿Es de matrimonio de lo que no estamos hablando? —había susurrado Vivien.

—Primero viene el compromiso.

—¿Pero el objetivo es el matrimonio?

Sin previo aviso, una malévola sonrisa se había asomado a sus deliciosos labios.

—*Sì, amata mia*. El objetivo es el matrimonio.

La había llamado «amada mía» y eso había sido lo más cerca que había estado nunca de una declaración de amor. Ella lo había amado demasiado como para presionarlo, siempre había pensado que su incapacidad para hablar de los sentimientos daba a entender precisamente la profundidad de dichos sentimientos y había despertado un curioso sentimiento de protección hacia él.

A la mañana siguiente, mientras Lucca mantenía una reunión con el capataz de la granja, ella se llevó a Marco al jardín y se sentó a disfrutar de una taza de café y su catálogo de semillas. Sólo cuando abrió el sobre que le habían enviado desde Oxford se dio cuenta de que lo que había tomado por la hoja de pedidos era en realidad una carta. Y no era una carta cualquiera, sino una de su abogado ni más ni menos. Un sudor frío le empapó las manos y la frente.

Era una carta breve y directa. Después de haber intentado ponerse en contacto con ella durante toda la semana, su abogado le escribía para comunicarle que la sentencia de divorcio ya era definitiva. El café que acababa de beber se volvió ácido. Levantó la cabeza y miró a Marco, que jugaba encantado con unas piezas de construcción.

Sus pensamientos se dispararon sin que pudiera hacer nada al respecto. Estaba divorciada. Ya no estaba casada con Lucca. Ya no era su esposa ni él su marido. Se le revolvió el estómago al pensar en su torpeza. ¿Por qué no había llamado a su abogado para averiguar cuándo salía la sentencia? ¿De qué le había servido obviar lo que estaba ocurriendo? ¿Cómo había estado tan loca de pensar que todavía quedaba tiempo para el milagro?

Pero Lucca ya había avisado, ¿no era cierto? Le había dicho una y otra vez que su matrimonio estaba acabado y por supuesto, tenía razón. Seguro que él ya sabía que estaban divorciados. Miró bien la carta y se fijó en la fecha; Lucca debía saberlo desde hacía al menos unos cuantos días. Pero no le había dicho ni palabra. Pero claro, ¿qué iba a esperar? Lucca Saracino era demasiado inteligente como para encargarse de dar tan malas noticias. Claro que también era posible que creyera que ella ya lo sabía y había seguido su ejemplo de no mencionarlo siquiera. No, estaba siendo muy generosa, decidió destrozada por el dolor y el arrepentimiento. Lucca lo sabía.

Las lágrimas le quemaron los ojos antes de comenzar a caer. Bueno, su final feliz de cuento de hadas era ya imposible. Seguramente aquel divorcio era la respuesta a todas las preguntas que había estado haciéndose durante los últimos diez días. Él estaba dispuesto a acostarse con ella, pero había permitido que el proceso de divorcio siguiera adelante. No había hecho el menor intento de salvar su matrimonio porque, al contrario que ella, no apreciaba lo que todavía quedaba de él. Obviamente, lo que ella había creído ingenuamente que habían recuperado era sólo producto de su estúpida imaginación.

Ahora debía pensar qué hacer. Lo primero que necesitaba era evitar a Lucca y encontrar un poco de tiempo para sí misma. En cuanto estuvieran en Roma, insistiría en que necesitaba comprarse algo para salir con las amigas de Serafina y así podría pasar unas horas sola. Tenía que decidir si afrontar el temporal y quedarse o rendirse y huir.

Lo que no conseguía entender era por qué la habría llevado a Italia; quizá pensaba que tenía que seguir acostándose con ella para poder pasar más tiempo con Marco, o quizá fuera una venganza por haberse atrevido a abandonarlo. O quizá fuera cierto que le gustaba el sexo con ella. Y ella había accedido gustosa…

—Creo que Marco necesita un poco de agua y jabón —anunció Lucca de pronto haciéndola levantar la vista hacia su hijo, que le había sacado el pintalabios del bolso y se había pintado toda la cara. Vivien se quitó las lágrimas del rostro y se alegró de no haber dado vía libre al llanto.

Lo que no podía hacer era hablar porque

las lágrimas parecían habérsele quedado en la garganta. No sabía si estaba más enfadada con Lucca o consigo misma, pero desde luego podía sentir que bajo el enfado yacía una terrible humillación.

Fue justo en ese momento en el que llegó Rosa Peroli y ella se lo agradeció enormemente.

—¿Qué te ocurre? —le preguntó Lucca en cuanto entraron en la casa y Rosa se hubo llevado a Marco.

—Nada... ¿qué iba a ocurrir?

—No lo sé, pero sé que te ocurre algo —replicó Lucca con certeza—. ¿Por qué quieres ir sola esta tarde? Tú odias ir de compras.

—No siempre.

—Me gustaría acompañarte —le dijo tomándole la mano.

—No puedes. A lo mejor voy a la peluquería —se excusó de pronto.

Cuando Lucca hubo salido de la habitación, Vivien se quitó el anillo de boda y lo dejó encima de la cómoda. La alianza había sido un símbolo de su matrimonio y ya no quería seguir llevándolo. Ahora tenía que reconsiderar la relación que tenían en las condiciones actuales. En el mejor de los casos, estaba teniendo una aventura con su ex marido y en el peor, se había convertido en su amante y mantenida; algo menos respetable que ser su esposa y desde luego mucho menos seguro en términos de compromiso. Las dos opciones que tenía eran aceptar la situación o rechazarla. En aquel mismo momento reconocía que odiaba a Lucca tanto como lo amaba.

Era el mejor momento para que Serafina llamara a la puerta y después entrara como un torbellino con una radiante sonrisa en los labios.

—Esta noche nos lo vamos a pasar de miedo —aseguró su ex cuñada dándole un fuerte abrazo—. Pero no hace falta que se lo cuentes a Lucca… ¡Sigue tratándome como si fuera una niña!

Capítulo diez

NO deberías salir vestida así!

Como si no hubiera oído a Lucca, Vivien se dio una capa más de rímel. Lo que llevara puesto no era asunto suyo. Había estado de compras con Serafina, que había sido la acompañante perfecta para sacarla de sus tristes pensamientos. El caso era que la joven la había convencido para comprarse una minifalda de cuero color crema, un top verde claro y unas botas de ante que le llegaban hasta las rodillas.

—Estás muy sexy... —admitió Lucca intentando controlar su mal genio—. Ponte ese tipo de ropa para mí, pero no salgas así a la calle. No es correcto.

—¿Crees que soy demasiado vieja y formal como para enseñar las rodillas? —preguntó Vivien muy tensa.

—No, pero vas a atraer la clase de atención que tanto te molesta. Los hombres no te dejarán en paz —aseguró Lucca mientras se preguntaba qué demonios le pasaba por vigésima vez desde que habían salido de Il Palazzetto. Durante el viaje a Roma había hablado con Roma o con Marco, pero se había empeñado en dejarlo al margen una y otra vez. Lo había mirado un par de veces, pero en ningún momento se había atrevido a enfrentarse a sus ojos.

Fue entonces cuando reparó en el anillo de boda que había en la cómoda y automáticamente se fijó en la mano de Vivien, completamente desnuda. Fue como si le hubieran pegado un puñetazo en la boca del estómago.

—Te has quitado la alianza —dijo él con aparente tranquilidad.

—Ahora que estamos divorciados, no tiene mucho sentido que siga llevándola puesta —Vivien se sintió orgullosa del tono de voz que le salió.

—Me sorprende que te la hayas quitado, *cara mia* —confesó él con sinceridad y haciendo un esfuerzo por no reaccionar al hecho de que hubiera descubierto que ya estaban divorciados. Prefirió concentrarse en el asunto del anillo, que por cierto tuvo que admitir era enormemente importante para él—. Creo que deberías volver a ponértela.

—Pues yo no, pertenece al pasado. Yo ya no soy tu esposa, no me sentiría cómoda con él.

Un silencio ensordecedor se apoderó del lugar, pero ella siguió maquillándose como si nada.

—¿Cuándo te has enterado de que el divorcio era definitivo? —preguntó Lucca abruptamente.

—Seguro que te diste cuenta de que no lo sabía... Me gustaría que me lo hubieses dicho.

Lucca buscó una excusa para lo inexcusable.

—No me pareció importante.

Tuvo que apretar los dientes para no soltar las palabras de furia que se le acumulaban en la boca. Para ella su matrimonio había sido muy importante.

—Lo que quiero decir es que... —intentó arreglarlo consciente de lo mal que había sonado—... Lo que importa es que estamos juntos... Muy juntos.

—Y divorciados —añadió ella sin poder contenerse.

—Pero somos mucho más felices que cuando nos casamos —explicó ahora con intensidad—. Sabemos lo que salió mal y no nos hace falta ninguna licencia de matrimonio que nos diga que lo que tenemos merece la pena.

Tenía que admitir que estaba impresionada. Al menos había demostrado que valoraba su relación y que creía que tenían futuro, pero dentro de ella continuaba el dolor de saber que ya no eran marido y mujer.

—Por favor póntelo otra vez —le pidió dándole el anillo.

—Te he dicho que no —le recordó aguantándose las ganas de decirle que si quería que llevara su anillo, no debería haberse divorciado de ella.

—La gente pensarás que eres soltera.

—Lo soy.

—*Dannazione...* ¿Qué demonios quiere decir eso? —pero no hubo respuesta, Vivien se limitó a fruncir el ceño—. ¿Y a qué viene todo ese maquillaje? Normalmente no te pones ni pintalabios y hoy te has pintado como una mona. Cualquiera pensaría que sales a la caza.

—Con tu hermana... sería poco inteligente —Vivien se puso en pie ocultando una sonrisa. Quizá había esperado que se vistiera toda de negro y se quedara llorando por haberse enterado de que estaban divorciados. Pues se alegraba de no haber cumplido sus expectativas.

Nada más ponerse en marcha la limusina, Serafina la miró con una sonrisa maravillada.

—Lucca estaba celosísimo... es encantador. Yo tenía una imagen muy fría de mi hermano, pero estaba aterrado sólo porque estás guapísima y vas a salir conmigo.

—¿Tú crees? —preguntó reconfortada.

—No pensé que vería llegar este día, pero sí, lo creo. Umberto había invitado a Lucca a salir con él y sus amigos y él le había dicho que no; pero te apuesto lo que quieras a que ahora va. Se supone que los veremos a medianoche.

Desde el rincón oscuro en el que estaba sentada, Vivien vio a Lucca en cuanto entró en la discoteca. Iba con un grupo, pero ella sólo lo vio a él y al hacerlo, el corazón le dio un vuelco dentro del pecho. Había planeado hacerse la dura, pero lo cierto era que le alegraba comprobar que había decidido salir.

Llevaba toda la noche sonriendo tanto que le dolía la mandíbula y rechazando a los hombres que se le habían acercado. Las amigas de Serafina debatían si su increíble poder de atracción de aquella noche residía en la minifalda o en las botas, pero la verdad era que ella no dejaba de pensar que debería haberle hecho caso a Lucca. Aunque había pensado que sería agradable sentirse admirada, no había tardado en aparecer el mismo pánico que había sentido de adolescente.

También había pensado en todo lo que le había dicho Lucca con más calma y, para ser justa con él, había sido un poco tarde para anular el divorcio. Debía ser realista; sólo hacía diez días que habían vuelto juntos. También tenía razón en que estaban más juntos ahora de lo que habían estado nunca. Sin lugar a dudas, ahora lo comprendía mucho mejor y seguramente lo amaba mucho más que nunca. Perderlo una vez la había hecho muy infeliz, pero también la había hecho más fuerte e independiente. ¿Qué importancia tenía un anillo de boda en todo eso? No era la respuesta mágica a nada, decidió con alegría.

Lucca se sentó a su lado y la atrajo hacia él sin apartar sus intensos ojos oscuros de los de ella. No importaba quién se moviera antes, el caso fue que en sólo unos segundos sus bocas se unieron con una pasión que la iluminó por dentro como una hoguera.

—Lucca... —susurró sin aliento.

—Nos casaremos otra vez tan pronto como podamos —prometió Lucca con una increíble sonrisa de satisfacción en los labios.

—¿Por qué? —preguntó ella desconcertada.

—A ti te hace feliz estar casada, *bella mia* —murmuró él suavemente—. Y yo quiero que seas feliz.

El efecto fue el mismo que si la hubiera pinchado con un hierro candente. Desde luego aquel hombre era el rey de las proposiciones de matrimonio. Sintió la tentación de darle una bofetada, pero no estaba segura de si podría parar con sólo una. ¿Cómo se atrevía?

—A mí también me haría muy feliz, claro —añadió Lucca al ver la expresión de su cara.

—Entonces tienes un problema porque yo no quiero volver a casarme contigo. Una fue más que suficiente.

—¿Es que quieres que me ponga de rodillas aquí en medio?

Estuvo a punto de decirle que sí para verlo explotar. Estaba furiosa con él.

—¿Qué parte del no no has entendido?

—Me estás volviendo loco... —gruñó Lucca con los ojos brillantes.

—Déjame que te diga algo... estoy muy contenta de estar soltera...

—Esta tarde no parecías tan contenta —replicó con sequedad—. ¿Qué ha cambiado? ¿Es qué te ha gustado alguno de estos apuestos muchachos?

—¡Te estaría bien empleado!

—Lo mataría... si otro hombre te tocara, ¡lo haría pedazos con mis propias manos! —juró ferozmente—. Déjate de juegos. ¿Por qué no quieres casarte conmigo?

—Sólo me casaría por amor... y tú no me amas.

La frustración más salvaje se apoderó de los ojos de Lucca, pero la agarró de las manos para impedir que se alejara.

—Vivi...

El silencio se impuso tensamente. Vivien esperó y esperó, pero él sólo apretó la boca.

—¡Déjame en paz! —exclamó retirándole la mano.

En medio de aquella escena se acercó un tipo a hablar con ella.

—¿Puedo invitarte a una copa?

—¡Está conmigo! —intervino Lucca tajantemente.

—La he visto empujarte... ¿Te está molestando? —se volvió a preguntarle a Vivien.

—Será mejor que te vayas —le advirtió Lucca con una escalofriante tranquilidad que le puso a Vivien los pelos de punta.

Ése fue el momento en el que ella optó por levantarse para ir al aseo para huir de la situación y que Lucca tuviera oportunidad de calmarse, pero él fue más rápido y antes de que hubiera podido salir del otro lado de la mesa, le había dado un puñetazo al desconocido.

Fue increíble la cantidad de hombres que participaron libremente en la tremenda pelea que se desencadenó mientras Vivien y Serafina los miraban perplejas a una prudente distancia. La policía no tardó en llegar y detener a Lucca y a muchos otros.

—No dejaré que mi hermano se olvide nunca de esto —se rió Serafina después de saber que nadie había resultado herido, sin embargo Vivien estaba horrorizada.

Había sido todo culpa suya. Le había pedido que se casase con él y ella lo había rechazado cuando él menos lo esperaba. Ella sabía que era un desastre para esas cosas, pero estaba claro que no estaba preparado para una negativa. Lo que todavía no comprendía era cómo se había metido en aquella pelea sin sentido, jamás había hecho algo así. Vivien pensó que debería haberse dado cuenta de que, él fuera capaz de esconderlo mucho mejor que ella, Lucca también debía de haber sufrido mucha tensión en los últimos días.

La policía no lo dejó en libertad hasta el día siguiente, pero al menos no hubo cargos contra él. Los paparazzi lo habían fotografiado saliendo del local arrestado y habían colocado la imagen en todos los periódicos bajo el titular: «Saracino se pelea por su ex esposa».

Cuando se abrió la puerta del cuarto de estar, Vivien levantó la vista esperando ver a Lucca, y se quedó de piedra al encontrarse con su hermana.

—¡Bernice!

—¿Sigues enfadada conmigo? Me daba miedo llamar antes de venir, pensé que a lo mejor no querías verme por haber sido tan grosera contigo la última vez que hablamos.

Vivien se puso en pie para saludarla con una sonrisa.

—Yo jamás haría eso, eres mi hermana —le aseguró con tranquilidad—. ¿Cómo te has enterado de dónde estaba?

—Me lo imaginé. Lucca celebró aquí la fiesta de compromiso... ¿no te acuerdas?

No, no lo recordaba, pero no le extrañaba dado lo nerviosa que había estado aquel día.

—¿Qué demonios te trae hasta Italia?

—Hay algo que tengo que decirte. Probablemente debería habértelo dicho hace años, pero no quería hacerte daño. Sin embargo, ahora que has vuelto con Lucca, creo que es mi obligación decírtelo —explicó sentándose después de su hermana.

—No sé de qué estás hablando —murmuró Vivien impaciente.

—Me ha impresionado ver que habían detenido a Lucca por violencia —añadió con una satisfacción que no podía ocultar—. Ha aparecido en todos los periódicos.

—Fue sólo un malentendido... —Vivien miró al otro lado de la habitación porque acababa de aparecer Lucca, le lanzó una sonrisa que le puso el corazón del revés y después se puso el dedo índice en la boca para pedirle que no le dijera a Bernice que estaba allí.

—Yo no estaría tan segura. Quizá la próxima vez seas tú a la que pegue...

—No lo creo —aseguró Vivien entendiendo por qué Lucca había preferido no entrar del todo—. Pero no hablemos de eso.

—Sabes que no me gusta Lucca. ¿Nunca te preguntaste por qué? —continuó Bernice como si ella no hubiera hablado—. Pues es muy sencillo. Unos meses después de que os casarais, Lucca intentó seducirme.

Vivien sintió cómo todo su cuerpo se ponía en tensión y ni siquiera podía levantar el rostro para mirar a Lucca.

—¿Y por qué has esperado todo este tiempo para contármelo?

—No era necesario que lo supieras cuando os estabais divorciando. Pero ahora que estás viviendo otra vez con él...

—¿Cuánto dinero esperas sacar de esa acusación, Bernice? —intervino Lucca de pronto.

Visiblemente afectada por la interrupción, Bernice se puso en pie de un salto.

—¿Qué quieres decir? —preguntó inocentemente mirándolo a medida que se acercaba a ellas.

—Que tu ansia de dinero debe de tener algo que ver con ese cuento —respondió Lucca con calma—. No puedo dejar pasar esto. Voy a tener que contarle a Vivien otras cosas que has hecho…

—¡No te atrevas a contarle a mi hermana mentiras sobre mí! —gritó Bernice.

—Puedo demostrar todo lo que voy a decir —replicó él—. Si he guardado silencio hasta ahora ha sido sólo para proteger a Vivien, pero si tú tratas de hacernos daño, tendré que detenerte —murmuró con sincera tristeza mientras miraba a Vivien—. Bernice le arrebató a tu difunto padre todo lo que tenía. Tuvo que pagar las deudas de tu hermana varias veces antes de morir. Y en cuanto estuvimos casados, vino a mí a pedirme dinero.

—Eso no es cierto —rebatió la aludida.

—La tienda estaba en peligro una vez más y necesitaba un préstamo —siguió explicando Lucca—. Sabía que no era buen negocio, pero era tu hermana y tú la querías mucho, así que le hice el préstamo. Como esperaba, nunca me lo devolvió, pero yo creí haber hecho cuanto podía por un miembro de tu familia…

—Es todo mentira —lo interrumpió Bernice mirando a su hermana con ojos implorantes—. No puedes fiarte de nada de lo que diga. ¿Acaso no lo sabes todavía?

—Ahora comprendo por qué estabas tan empeñada en alejarme de él —dijo Vivien con un profundo suspiro—. Si nos reconciliábamos, no podrías acceder a mi dinero. Sabías que Lucca me contaría la verdad si se enteraba de que estabas tratando de convencerme de que te hiciera un préstamo.

—¿Por qué no escuchas mi versión de los hechos? —volvió a gritar Bernice—. ¿Por qué no me crees?

—Porque siempre mientes —respondió Vivien con terrible tristeza—. Y dices unas mentiras de lo más descaradas, mientras que Lucca dice la verdad aunque tenga que escandalizar hasta al diablo.

—¡Te mereces un tipo tan arrogante como él! —atacó su hermana mortificada antes de desaparecer de la habitación.

—Es cierto —asintió Vivien mirando por fin a Lucca, que parecía estar en estado de shock—. Ahora mismo vuelvo —le dijo antes de ir tras su hermana, a la que encontró en el vestíbulo llorando a todo llorar—. No te vayas así, quédate aquí esta noche.

—¡No aguanto que seas amable conmigo después de lo que he intentado hacer! ¡Deberías odiarme!

—Eres mi hermana y lo estás pasando mal. Eso es lo único que importa.

Pero Bernice no soportaba la idea de volver a ver a Lucca e insistió en marcharse. Vivien le prometió seguir en contacto. Cuando llegó a la habitación, Lucca parecía no poder dejar de mirarla.

—Has estado increíble, *cara mia*. Tenía tanto miedo de que la creyeras.

—En cuanto apareció me di cuenta de que tramaba algo. Deberías haberme contado lo del préstamo, habría sido mejor para ella también porque ha seguido gastando y aumentando sus deudas.

—Tiene una adicción a gastar dinero, necesita ayuda profesional. Pero... ¿tenemos que seguir hablando de los problemas de tu hermana?

—No... —respondió ella sonrojada.

—¿Podrás perdonarme por cómo me comporté anoche?

—Debajo de esos trajes de Armani hay un cavernícola y yo no tenía ni idea.

El color apareció también en el rostro de Lucca.

—Cuando te pusiste en pie pensé que ibas a tomar una copa con ese tipo. Por eso le pegué.

—¡Yo jamás habría hecho algo así!

—Me vine abajo cuando dijiste que no querías casarte conmigo. Había bebido y me puse tan celoso...

—¿Por qué me cuentas todo eso? —preguntó con los ojos abiertos de par en par.

—No quiero volver a perderte —confesó tiernamente.

—¿Tanto te importaría?

Él se echó a reír.

—¿Cómo puedes preguntarme eso? Tú eres lo único que me ha importado siempre. Seguramente pienses que tengo un modo muy extraño de demostrarlo, pero en mi defensa diré que no sabía cuánto significabas para mí hasta que me abandonaste hace dos años —Vivien estaba inmóvil por miedo a que si se movía, él dejara de hablar—. Estuve como muerto durante meses, *bella mia*. Tardé más de un año en poder estar con otra mujer, y tuve que fingir que eras tú.

Aquella confesión se le clavó en el alma y tuvo que hacer un esfuerzo para no derramar las lágrimas que se le agolpaban en los ojos.

—Entonces... ¿por qué no viniste a verme?

—Por orgullo, tenías razón. Creía que volverías y cuando no lo hiciste, me demostraste que eras fuerte... ¿Cómo iba yo a ser tan débil de perseguirte? —preguntó dándose cuenta de lo estúpido que había sido—. No habría admitido lo desgraciado que era ni ante mí mismo.

—Yo no podría volver a vivirlo —confesó ella—. Ha sido el dolor más duro de mi vida.

—Y cuando apareciste en mi despacho no supe qué hacer. Te quería y no te quería. Y no quería volver a sufrir. Creía que quería castigarte, pero luego empecé a darme cuenta de que eso no era lo que estaba tratando de hacer…

—¿Ah, no? —Vivien estaba perdida.

—Dejé que el divorcio continuara en marcha porque necesitaba asegurarme de que seguirías conmigo aunque ya no estuviéramos casados. Te puse a prueba como un crío. Quería que me demostraras que me amabas…

—Yo quería exactamente lo mismo.

—Yo no sé cómo demostrarte que te amo —admitió confundido.

Vivien recordó la pelea de la noche anterior, o el miedo que había visto en sus ojos sólo unos minutos antes. Pero sobre todo pensó en la manera en la que estaba superando su frialdad y se estaba obligando a hablar porque tenía miedo de perderla. Se echó en sus brazos y lo estrechó con fuerza.

—Dímelo y te creeré.

—Te amo, *amata mia.*

—Yo también te amo. ¿Quieres casarte conmigo?

—Pensé que eso tenía que decirlo yo —

dijo él algo tenso.

—Es que a ti no se te da muy bien, así que he pensado que sería más fácil si me encargaba yo. ¿Quieres o no?

—Sí, quiero.

—Muy bien... pero hay dos o tres condiciones —añadió maliciosamente—. No es nada complicado. Sólo menos trabajo, algún viaje al extranjero de vez en cuando y dos o tres hijos...

—Y mucho, mucho sexo —participó Lucca con una encantadora carcajada—. Entonces ya no volverás a quitarte el anillo nunca más. ¿Cuándo nos casamos?

—En cuanto quieras —respondió emocionada sabiendo que esa vez lo harían bien.

Un año después, Vivien dio a luz a una niña a la que llamaron Pia. Once meses antes de eso, Lucca y Vivien se habían casado en una tranquila ceremonia que tuvo lugar en Londres con Serafina y Umberto de testigos. Y desde entonces la vida había sido una larga y maravillosa luna de miel durante la que habían viajado por Italia e Inglaterra acompañados de Marco.

Lucca había establecido su oficina en Florencia y había mandado construir un enorme invernadero en Il Palazzetto para los helechos de Vivien. Durante el embarazo, ella había escrito un entretenido libro sobre el estudio de los helechos que se estaba vendiendo muy bien entre los botánicos. Bernice se había casado con un rico banquero y de vez en cuando comía con Vivien en Londres. Vivien pensaba que el amor había curado la extravagancia de su hermana, Lucca creía que había sido el banquero con su dinero.

Jock se había convertido en un perro de clase alta con collar de diamantes de imitación incluido y se habría vuelto del todo insoportable si se hubiera podido dar cuenta de que salía en las revistas. Lucca y él se habían tomado mucho cariño, pero ninguno de los dos habría estado dispuesto a admitirlo.

Tres meses después del nacimiento de Pia, Vivien estaba más enamorada de Lucca que nunca. Un día, ella estaba acostando a la pequeña en la cuna mientras que Marco ya dormía plácidamente en su dormitorio, cuando llegó Lucca.

—Están tan tranquilos a esta hora del día —susurró Lucca encantado.

—Este lugar es mágico —dijo Vivien agradeciendo la paz que siempre encontraban en Il Palazzetto.

Lucca sumergió los dedos en su melena rubia y después siguió acariciándole el rostro con los ojos llenos de amor.

—Tú eres lo realmente mágico de nuestras vidas, *amata mia*.

Apoyándose sobre su fuerte y acogedor pecho, Vivien le ofreció los labios entreabiertos y él los tomó con la sensualidad que siempre la hacía estremecer. Se sentía feliz, amada y segura entre sus brazos.